偽典・演義

~とある策士の三國志~

giten
engi

弐
2

目次

偽典・演義
～とある策士の三國志～

giten engi

弐 2

主な登場人物紹介

李《り》儒《じゅ》
?（165年）～192年

本作の主人公。元は現代日本のサラリーマンだったらしい。本作では165年に弘農郡の名家に生まれた李儒に転生し、後の大将軍・何進の部下になる。史実では、董卓の軍師として名をはせた。別名「諸悪の根源」。

何《か》進《しん》
?年～189年

妹が後宮に入り、後に皇帝の子を産んだため、一介の食肉加工業者から政界のトップまで駆け上がった超出世頭。宦官や名家が入り乱れてドロドロだった宮中を、知力と謀略をフル稼働して泳ぎ切る。

董《とう》卓《たく》
?年～192年

『三国志』の正史や『三国志演義』ではキング・オブ・暴君のような書かれようだが、本作では武闘派ではあるものの、今のところ悪の権化とまで言われるようなことはしていない。見た目は熊のような巨軀で、馬に2つの弓を固定して、走らせたまま両手で弓を引いたという伝説がある人物。

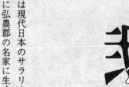

荀《じゅん》攸《ゆう》

157年〜214年

子どもの頃から才覚溢れる、というか目端の利いた性格で、何進が全国から招へいした名士二〇人の一人として大将軍府に出仕して、李儒の同僚となった若き俊英。後に董卓暗殺を画策したり曹操の参謀になったりと、切れ者のくせにわりとお騒がせな人物。

曹《そう》操《そう》

155年〜220年

四帝に仕えて朝廷内で出世した宦官である祖父の財産や人脈を十分に活かして頭角を現していった、『三国志』では悪の主役級の人物。ここではその青年期で、友人（?）である袁紹をうまく利用しようと考えるが、その突拍子もない言動に振り回される羽目に。

袁《えん》紹《しょう》

?〜202年

名門・汝南袁家出身のお坊ちゃん。叔父の袁隗《えんかい》の引き立てで役職に就く。見てくれは立派だが、「お前は袁家をつぶす気か!?」と袁隗に怒鳴られるほど、素行不良で薄っぺらい人物。将来は反董卓連合の頭目に祭り上げられるものの、天下を取るほどの器量はない。

何《か》后《ごう》

?〜189年

何進の異母妹。持って生まれた美貌を武器に、賄賂を使って後宮に入り、霊帝《れいてい》の目に留まって男の子をもうけ、皇后にまで上り詰める。ケンカ上等のヤンキー気質で、霊帝の愛人を毒殺するなど、周囲からは恐れられていた。

偽典・演義
～とある策士の三國志～

giten engi

弐 2

関連年表

155（永寿元）年	曹操、誕生。袁紹もこの頃の生まれ
157（永寿3）年	荀攸、誕生
167（永康元）年	桓帝が死去、12歳の劉宏が即位し霊帝になる
173（熹平2）年または	
176（熹平5）年	何后、霊帝の子・劉弁を産む
178（熹平7）年	宋氏、霊帝の皇后の座から引きずり下ろされる
180（光和3）年	何后、霊帝の皇后へ
181（光和4）年	霊帝の寵愛を受ける王美人が劉協を産む
	何后、王美人を毒殺
182（光和5）年	劉協、霊帝の母・董太后に引き取られる
184（光和7）年	曹操、黄巾の乱討伐軍に派遣
	荀攸、大将軍府に出仕し黄門侍郎になる
187（中平4）年	孫堅、長沙の太守となる
188（中平5）年10月	皇帝直属の西園軍発足
	袁紹、西園八校尉の中軍校尉になる

	この頃、劉備が督郵を殺害して関羽、張飛らとともに逃走
189（中平6）年5月	霊帝崩御
	劉弁が皇帝に即位
	蹇碩が何進暗殺を企てるが露見
6月	劉弁の次期皇帝に反対した霊帝の母・董太后が洛陽から追放され死亡
7月	**袁紹が曹操に、董卓を地方から呼び寄せて宦官を抹殺する計画を話す**
	李儒、董卓のいる涼州へむかう
8月	孫堅に上洛を促す書簡が大将軍府より届く
	何進、何后を説得するため宮中へ行く決意
	曹操、袁紹を見限る
9月	何進、後宮に参内

＊太字は小説内で起きたフィクションです。

前巻までのあらすじ

光和四年（西暦百八十年）・春・洛陽、現代日本から
古代中国へ転生した李儒は、皇后の兄・何進の部下になる。
黄巾の乱、涼州の乱など、各地で反乱や蜂起が勃発。
そのごたごたをうまく泳ぎ切った何進は大将軍にまで出世する。
また、反乱軍を鎮圧した李儒や董卓らも一躍名を挙げた。
やがて何進は皇帝自らが兵を率いて四方を治めるべしと上奏、
皇帝直轄軍の西園三軍が組織される。

偽典・演義
～とある策士の三國志～
giten engi
弐 2

第一章　何進伝

九　西園軍発足

中平五年（西暦一八八年）一〇月　洛陽宮中・平楽観《へいらくかん》

夏の暑さも収まり、ようやく涼しさを実感できるようになってきた秋口。この時期は、収穫も終わり納税やら何やらに関する処理が本格的に始まることから、文官にとって繁忙期にあたる時期である。

ちなみにこれが終わると年末年始のゴタゴタが来るので、できるだけ早く仕事を処理したいと考えているのが大将軍府一同の願いでもあった。

他の部署？　あいつらは仕事を溜め込むのがステータスだと思っている節があるのでどう思っているかは不明だ。

なにせ連中には「仕事が沢山ある」のと「仕事が大量に溜まっている」ことの違いを理解していないので、遠慮なく溜める悪癖があるからだ。

ついでに言えばああやって仕事を溜めることで、依頼人を焦らして追加の付け届け《賄賂》をもらおうとしているという事情もあるがな。

ちなみのちなみに以前のことだが、他の九卿《きゅうけい》の連中から俺が管轄する羽林や虎賁《こほん》、それに大将軍府の連中が彼らの常識に則《のっと》った速度で仕事をしなかったが故に作業効率に明確に差が出たとかで「もう少し仕事のペースを落とせ」と言われたくらい、連中は仕事をしないのだ。

連中としては官位を銭で買った分、付け届けで補塡したいのだろうが、それで作業効率を落とすとか意味がわからん。もう阿呆かと言いたい。まぁ近いうちに掃除する予定だし、なにより他の部署の連中が阿呆なことをやればやるほど普通に仕事をしている俺達の評価が向上するので、今のところは放置一択である。

むしろ問題は、なんやかんやで繁忙期を迎えつつあるというのに、全ての仕事を中断して、強制的に宮中に出仕させられていることだ。

宮中で何をしているのか？　仕事だよ。

「よって朕は無上将軍として君臨し、漢の安寧のために……」

俺たち文武百官と呼ばれる官位持ちの人間は現在帝の直轄軍として結成された西園《さいえん》軍の閲兵式に参列し、漢帝国の絶対権力者である皇帝陛下その人の演説を頭《こうべ》を垂れて拝聴しているところである。

強制的に集められた面々が内心で抱いている不満もなんのその。これまで表に出てくることすら稀であった皇帝劉宏《りゅうこう》は、気分が高揚しているのだろう。得意げに胸を張り、高らかに宣《のたま》う。

「漢のために選ばれた精鋭を……」

思い返せばこの西園軍。二月に大将軍府に話が来て、三月に何進《かしん》が上奏。そして今月一〇月に正式発足したというスケジュールになるのだが、専制国家の国家元首である帝直属軍の設立に際して、これが早いか遅いかで言えば……はっきり言って遅い。

俺たちの下に話が来た時点で、各派閥で人事に関する根回しが終わっていたのは良いのだが、その後が実にグダグダだった。

具体的には予算編成（宦官《かんがん》と名家による中抜きの割合）で揉《も》めたり、兵士の質（宦官は軍人の人件費を考えていなかった）や装備について（名家も宦官も装備を新調する予算を考えていなかった）こちらが提言したりと、結局軍を新設することで得られるであろうおこぼれを狙った連中が、自分たちの取り分が減ること（最初からお前らに回す予算なんかねぇ）に対する文句やら何やらを解消することができず、中々話が進まなかったのだ。

それでも流石《さすが》は皇帝陛下の肝煎りといったところだろうか。何とか七月後半には形になり、八月にはお披露目できるぞ！　これで秋の収穫に間に合う！　という状態にはなったのだ。

しかし、肝心の皇帝陛下が「今は暑いから嫌だ」とか抜かしたせいで、この閲兵式が今月になったという経緯があったりするのだから、この西園軍がどれだけグダグダな組織なのかは推して知るべし。と言ったところだろうか。

「見よ、この雲一つない晴天を！　天も我らを祝福しておる！」

とは言え、確かに真夏に完全武装で長々と閲兵式なんかしたら、運動会や校長の挨拶以上に被害が出るのは事実だし、夏はどこぞの芥川さんが「夏蝶やひしと群れたる糞の上」と歌を詠むくらいには馬糞が臭うというのも事実である。

　そのため季節的に夏は儀式には向かないというのも事実ではあるのだ。暑いのが嫌いな俺もその意見には納得したし、むしろ歓迎している。

　しかし他の文官たちは違うようだ。軍事に専念すればいい大将軍府とは違い、本格的にこれから多忙になる面々は「収穫前の暇な時期にしろよ！　もしくはもっと早くから一〇月に開催するって言えよ！」と帝ではなくその周囲にいる宦官《実質的な責任者》どもにぶち切れていたりする。

　彼らの気持ちも重々理解できる。軍勢を二ヶ月も遊ばせたら、その分予算が飛ぶもんな。宦官も名家も自分の懐に入る分が減るもんな。というか個人的に今回の件でもっとも驚くべき点は、宦官は軍隊の維持費を理解していなかったことだと思っている。

　初期費用で組織が回るわけないだろうに……。所詮売官で得た金で軍を作るとか抜かす阿呆の集まりであると言えよう。

　無計画に脱サラするサラリーマンじゃねぇんだから、もう少しちゃんとしろと言いたい。

　基本的に兵士とは大義や名分のために志願するものでもなければ、連中の手足になるために志願するものでもない。飯を食うために軍に所属するのだ。

　それなのに「帝の直属という栄誉を誇れ」と言ったところで何になるというのか。

　結果として売官で得た予算以外にも財源を用意する必要に駆られたり、予定していた規模より兵数を減らしたり、新たに予算編成が必要になってさらにその取り分でゴタゴタするというお粗末ぶりを発揮したこともあり、本格始動前から西園軍は組織的な信用を失っていたりする。

「天に愛された精鋭を率いるのは……」

さらに問題なのは指揮官だ。

今回の閲兵式に先立ち西園八校尉《はっこうい》と呼ばれる八人の校尉が選出されたのだが、その内容が酷《ひど》い。

上軍校尉―蹇碩《けんせき》（宦官・小黄門《しょうこうもん》）
中軍校尉―袁紹《えんしょう》（名家・虎賁中郎将《こほん》）
下軍校尉―鮑鴻《ほうこう》（名家・屯騎都尉《とんき》）
典軍校尉―曹操《そうそう》（宦官・議郎《ぎろう》）
助軍校尉―趙融《ちょうゆう》（名家）
佐軍校尉―馮芳《ふうほう》（宦官）
左校尉――夏牟《かぼう》（宦官・諫議大夫《かんぎたいふ》）
右校尉――淳于瓊《じゅんうけい》（名家）

以上の八名である。宦官とか名家は所属する派閥で、その後ろのものが役職となる。

このうち上軍は全体の監査で、下軍が実働隊。典軍は儀式やら儀礼に関する監督で、助軍は実働隊である下軍の補助をする部隊。佐軍が全体を補佐する存在なので、幕僚兼総務みたいなものと思えば良いかもしれない。会計もここになる予定らしい。

左右の校尉は、その時々で兵を率いる人間である。袁紹の中軍？　何のためにあるんだろうな？おそらく調整役みたいなものだと思われるが、詳細は不明だ。

なのでこの一覧を見て「曹操とか袁紹いるやん！」と思った諸君、残念だったな。現状連中は何の権限もない名誉職だ。

それにそもそも現在の袁紹は何の実績もないただの名家のお坊ちゃんでしかないし、曹操も黄巾《こうきん》の乱で活躍したがその評価はあくまで朱儁《しゆしゆん》の部下としてでしかない。さらに曹操は宦官の中でも十常侍《じようじ》とは別の派閥なので、上軍である蹇碩に警戒されている。その結果生まれたのが、実行力のない典軍校尉というわけだな。

「また上軍校尉である蹇碩は、皆が知るように武略に秀でる名将であり……」

シラネーヨ。

現時点で何かと問題《ツツコミどころ》が多い西園八校尉最大の問題は、上軍校尉《総司令官》の蹇碩にある。こいつは宦官閥というか、帝のお気に入りの宦官で漢の全てに嫌われている宦官の代表、十常侍の一人なのだ。

そんなのを総大将にした時点で、この軍がお飾りでしかないと天下に示すことになるということが何故《なぜ》わからんのか？

いや、正確には総大将は無上将軍こと皇帝陛下なのだが、どちらも実戦経験どころか、ろくに司《し》隷《れい》からも出たことがないような連中ではないか。

また、何を以て蹇碩が「壮健にして武略に秀でる人物」なのかもわからないし、その蹇碩が大将軍や司隷校尉を統べる元帥となるのだからもう意味がわからない。そもそも西園軍の指揮官＝直轄軍の大将でしかないはずだろうが。

とまぁ、色々と突っ込みどころ満載のメンバーというわけだ。さらに突っ込むべきところは、蹇碩以外のメンバーの官職にある。なにせ袁紹の虎賁中郎将も、曹操の議郎も、夏牟の諫議大夫も、鮑鴻の屯騎都尉も、全部光禄勲《こうろくくん》である俺の属官《部下》なのだ。

そもそも宮中の軍を管理するのが光禄勲の仕事なのだから、彼らの官職が光禄勲に絡むのもおかしくはないのかもしれないが、既存の軍とは別にするというならまったく別の役職を作るべきだろう。

これに関して言えば「新設の地位よりも歴史と格式のある役職が欲しい」と抜かした連中がいたとかいないとか。中途半端に権威を欲するからこういうわけのわからない状況になるのだ。そして帝の直属の軍隊なのに、彼らが出撃するときは帝や蹇碩は洛陽《らくよう》から出ることはない。

この時点で「何のための軍隊だ？」と大将軍府や軍部からの失笑を買った西園軍であるが、問題はまだある。それは前にもチラリと述べたが、規模の縮小である。

本来は官軍の基本である三～四万人規模にしようとしたらしいのだが、維持費の見積もりを見た連中が日和《ひよ》った結果、西園軍の規模は一万人規模まで落ち込んでしまったのだ。

軍政を預かる立場の人間からすれば三万～四万の軍勢を洛陽で遊ばせるよりは余程マシなのだが、このせいで就職を見込んでいた指揮官候補が大量に溢《あふ》れてしまって、それらを大将軍府で引き取ることになってしまうという事態が引き起こされてしまった。

結果として今回の件において宦官や名家の信用は失墜し、大将軍府の陣容が分厚くなるというよくわからないことになってしまったのは、連中だけでなく何進にとっても計算外だったことだろう。

「よって朕は無上将軍として君臨し、漢の安寧のために……」

まだ言ってやがる。ん？　よく考えたらいや、さっきも同じこと言ってなかったか？

……やばっ、眠い。クソッ！　九卿なんてなっちまったせいで目立つ場所にいるのがキツイ！

夏の日差しを長時間浴びてしまえば熱中症で倒れてしまうが、秋の日差しは眠くなるのが盲点だ。

つーかみんなどうやって耐えて……ねぇ!?　結構寝てやがるぞ！

寝ながら帝の演説を拝聴するとは。これが名家や宦官の特殊スキルだとでも言うのか!?

ならば俺は耐えるぞ、意地でも耐えてやるっ！

「見よ、この雲一つない晴天を！　天も我らを祝福しておる！」

……それ、絶対さっきも言った……よ……ね。

ちなみに式典の後、なんやかんやで無事に家に帰り着くことができたようだが、俺は自分がどうやって帰宅したのかまったく覚えていなかった。

「李儒《りじゅ》です」
「おう、さっさと入れ」
「はっ！」

拷問のような式典が終わった翌日の夜。何進から呼び出しがあった。

てっきり昨日のうちに呼ばれるかと思ったが、流石の何進も睡眠を必要としたのだろう。

十分に睡眠をとれたので、スッキリした頭で呼び出しに応じた俺を待っていたのは、ローマから来た葡萄酒《ぶどうしゅ》をガバガバと飲む上司と、黙々とツマミを食べる同僚《荀攸》であった。

つーか荀攸《じゅんゆう》、お前ツマミ喰いながら寝てないか？　歯を磨かないと虫歯になるぞ？　それ以上に問題なのは何進だが。万事に慎重な何進が、今日は随分と酒が回っているようなんだよな。

というか、この時代の漢の酒はアルコール度がアレなんで、基本的には酔っ払うほうが難しい。それと同じように葡萄酒を飲んだら……そりゃ酔っ払うか。もしかしたら荀攸はそれで逝ったか？

「ようやく来たか。で、連中は何がしてぇんだ？」

多少赤くなった顔をこちらに向けて、開口一番そう言ってくる何進。見た感じでは思考ができているようなので、強制的に眠らせる必要がなさそうなのは良いことだ。

しかし『ようやく』って言われてもなぁ。それなりに早かったはずなんだが？

ま、酔っ払いには逆らわないのが一番だ。というかこの飲み方でも意識がはっきりしているって何気に何進の肝臓は凄《すご》いと思う。アレか？　アルコール度が低いとはいえ普段から酒を飲みなれているからだろうか？

何進の肝臓の強さに内心で感心するものの、いつまで素面《しらふ》でいられるかはわからない。

俺は酒を飲まんし何進が酔っ払ってしまった後で絡まれるのも面倒なので、さっさと話を進めようと思う。

「何がしたいのか？　と言われましても。宦官と名家による軍事への介入でしょう？」

まったく、何を言っているのやら。やっぱり酔っ払っているのか？

「……できてねぇじゃねぇか」

あぁ、そう言うことね。しかしこれはいかんな。

「油断はいけませんよ。これはあくまで第一歩なのです！　油断すれば第二・第三の帝の直属軍が出来上がるでしょう！」

最終的に十常侍が全員軍を持ったりしたら面白いかもしれんな。当然予算とかは連中の持ち出しで。

「……なんでそんな元気なんだ。つーか第二とか第三の前に第一の直轄軍を補強しろよ」

頭が痛いって感じなのは俺のテンションか、それとも話の内容なのか。ツッコミができるだけでも十分だろう。荀攸なんか頷《うなず》いているようだが、確実に寝ているからな。

「閣下、それに気付くことができるような連中なら、最初からこんな阿呆な真似《まね》はしませんよ」

「……そうだな」

せめて互いに足を引っ張らずに歴戦の朱儁や皇甫嵩《こうほすう》を加えていれば良かったのかもしれんが、総大将が蹇碩だからなぁ。それに袁隗《えんかい》によって押し込まれた袁紹が滅茶苦茶浮いている。

あれは父親の喪に服すとか母親の喪に服すといって引き籠っていたが故に、絶望的に一般常識と経験が不足している。本来ならもう少しどこかで副官とかさせて実績を積ませてから役職につけるべきなのだが……あぁ、今の名家閥には碌《ろく》な将が残っていないから無理だったか。

で、軍部に伝手《つて》がない名家連中は「ここで実績を積ませないと次代で宦官や何進に置いていかれる」とでも思って焦ったんだろうな。

俺達には関係ない話だがね。

「とりあえず連中には近いうちに賊の討伐でもさせてみれば良いでしょう。その際に軍部から監督として新たに雇い入れた人間を派遣し、軍監としての経験を積ませるのも良いかと」

戦を見るのも経験だからな。実際に軍の動きを体験できるのは良い経験になるだろう。ついでに連中の監査もさせるさ。

「あぁ確かにそれは良い案だ。何せ今回の件であいつらは完全に面子を潰されたからな。連中に恨みを持っているだろうし、しっかりと監督するだろうさ」

「ええ。そうですな。あることないことしっかりと報告してくれるでしょうね」

それを使って連中を引きずり落とすってな。足を引っ張るのは連中の専売特許ではないと教えてやろうじゃないか。

「おいおい、流石にないことを報告されても困るぞ？」

「これは失礼いたしました。監督役には然《しか》とその旨を伝えておきましょう」

「そうだ。連中には事実をありのままに報告するよう伝えておけ」

「はっ」

予定通りいけば連中は黙っていても失敗するし、無駄は絶対にあるからな。更に言えば連中は西園軍の落とし穴に気付いていない。

西園軍は通常の軍隊と違い帝の私財を投じて作られた軍だ。そうであるからこそ、無駄や横領は名家や宦官でも逃れられない罪となる。

つまり己で作った軍が己を滅ぼす墓穴となったわけだな。……まずは実働部隊を率いる下軍校尉・鮑鴻からだ。この世紀末において生兵法は怪我では済まんということを教えてやろうではないか。

そんなことを考えていたら、どうやら何進も同じ気持ちらしい。ただでさえ悪い人相をさらに歪めて、楽しそうに口元を歪めていた。

「クカカカ！　俺をさんざんコケにしやがった連中に煮えた油を飲ませてやるぜ！」

そんなことを言う何進に「ストレス溜まってるなぁ」と思うし、俺だって連中を殺《や》るのに反対する気はない。しかし無駄は良くないぞ。

「いやいや、油は高いので連中には勿体ないかと。油を飲ませるよりは煮えた湯に叩《たた》き落とすくらいで良いでしょう。何せ飲ませた油はそのままですが、湯なら再利用もできますからな」

リアル熱湯コ◯ーシャルってな。なんなら俺が後ろから押してやる。

「ふむ。確かに連中相手に油だと勿体ねぇのは事実か。よし、連中を叩き込めるようなでかい釜《かま》を準備しとけ」

「はっ！」

連中のせいで仕事が増えたし、何より何進にとっては己の既得権益を侵犯してきた敵だからな。さらに帝の財を横領した罪人なら一族誅滅《ちゅうめつ》も当然。ならば容赦の必要はあるまいよ。

「ククク……連中がどうやって命乞いするか、今から楽しみだなぁ」

確かに。煮えたぎる湯を前にして罪状を告げられた連中がどんな顔をするのか、今から楽しみではある。

「フフフ……誠に」

さてさて、準備するか。五右衛門釜みたいな感じで良いかね？　中に木の板とか入れずにモロ鉄板って感じにすれば良いし、今のうちに開発しとけば従軍中の風呂にもできるからな。

なんならファラリスの雄牛とかも……いや、自分に使われそうだから止めておこう。

「ククク」

「フフフフフ」

――このとき、さりげなく二人の話し合いを聞いていた荀攸が俯《うつむ》きながら「うわぁ」という顔をしていたとかしていなかったとか。

一〇　洛外でのこと

一

中平五年（西暦一八八年）某日　洛陽・大将軍府

「あぁ？　郡が派遣した督郵《とくゆう》が木に吊るされて殴り倒されたぁ？」

「どうやらそのようですね」

いやぁやってくれたよ劉備《りゅうび》＝サン。これもてっきり演義のネタかと思ったら、マジだったのかぁ。

「いや『そのようですね』ってお前ぇ。属尽《ぞくじん》だからってコレをただで済ませるわけにはいかねぇぞ？」

郡が派遣したとは言え督郵は正式な漢帝国の役人だし、それが特に理由もなく襲われたとか、普通に大問題だからなぁ。

規模を考えれば「そんなん大将軍府で処理することか？」とも思わないでもないが、下手人はこっちが任命した正式な尉なので、任命責任ってのがあるんだなこれが。

「それは無論その通りでしょう。しかし連中はすでに職を辞して逃げ出したようですので、今から捕らえるのは難しいかと」

逃げる前に印綬《いんじゅ》を督郵の首に掛けるとか、律儀と言えば律儀だが……これは簡雍《かんよう》あたりの入れ知恵かねぇ。

「ちっ！　追っ手を……駄目か。地方じゃ属尽の扱いは軽かねぇから、成果は見込めねぇ」

「そうですね。賞金を懸けるくらいはしますが、捕縛は難しいでしょう」

そもそも地方の一般市民は属尽と皇族の違いがわかってないからな。

正式に劉氏を名乗ることを許されている時点で庶民は萎縮するし、横に関羽《かんう》とか張飛《ちょうひ》がいるんだろ？　なら普通は寝込みを襲う以外に手出しはできんから、捕らえるよりもさっさと街から離れて貰うことを願うだろうよ。

その上、地方の人間は中央の役人＝悪人だと決めつけている節があるから、属尽である彼が『俺は悪くねぇ！』と叫べば納得してしまう可能性もあるんだよなぁ。

「くそったれが。……おい、そいつを推挙したのは誰だ？」

うむ。本人が捕まえられないなら推挙した奴を罰するのが正しき後漢クォリティだが、残念ながら今回のアレは例外事項である。

「アレは推挙ではなく黄巾の乱の際の武功を評価した結果の任官ですよ。一応その武功を保証したのは校尉の鄒靖《すうせい》ですが、流石にこれで彼を処罰するのは酷でしょう」

武功の保証と推挙は違う。推挙ってのは人品を保証するものだから連帯責任が成り立つんだよ。それを踏まえた上で考えるなら、今回の場合は配属先を決めた何進が紹介したような感じになる。だから、ある意味では自業自得ってことになる。俺？　俺はアレを見に行って人事を告げただけだから無関係です。

「忌々しい。これだから皇族ってのは嫌いなんだ」

「属尽ですけどね」

「大して違わねぇよ！」

「ごもっとも」

皇族が知ったら怒鳴り散らしそうな発言だが……まぁ確かに大して違わんわな。

「で、その属尽様は何が気に入らなくて督郵を殴り倒してくれたんだ？」

ブスッとした表情を隠そうともせず報告の続きを促してくる何進。ここで『自分で報告書読め』とか言ったら殴り倒されるんだろうなぁ。

などと阿呆なことを考えるが『報告しろ』という命令を受けた以上は、その命令《タスク》を遂行するのが社畜という生き物である。

「なんでも『顔なじみが督郵として来訪することを知った故、わざわざ自分が挨拶に行ったのに、仮病を使われて門前払いされたことにイラついたから』だそうです」

「そうかそりゃ仕方が……って、はぁ？　それ、本気で言ってんのか？」

何進は思わず俺を二度見するが、俺が言ったわけじゃないからな。

「私も報告を受けただけですが、どうやら残されていた木片にそのようなことが書かれていたそうです。何というか……流石は属尽。誇りを勘違いしておりますな」

「まったくだ。督郵が査察対象に会わないのは当たり前ぇのことだろうに」

そうなんだよなぁ。

「えぇ。査察の後ならまだしも査察前に顔見知りの挨拶を受けてしまえば、督郵としての業務に差し障りが出ます。よってこの場合会わないのが正しいでしょう。つまりこの督郵は近年では珍しいまともな役人だったと思われるのですが」

真っ当に職務に励む役人を『無礼だ！』とか言って殴り倒すって何だよ。何進じゃないが、チンピラが調子に乗ったとしか思えんぞ。

「これだから腕っ節だけの破落戸《ごろつき》上がりは駄目なんだ。中途半端に劉氏を名乗る属尽ってのもな」

「ですな」

その意見には全面的に賛成するぞ。少なくとも何進は腕っ節だけの人間ではないのでブーメランではないしな。

だいたい今の漢には無駄に劉氏が多いんだ。属尽は算賦《さんぷ》（人頭税や船や馬など家の施設に関する税）も免除されているし。為政者から見たら無駄飯喰らいも良いところなんだよな。

それでいて気位だけは高く「自分は〇〇王の末裔《まつえい》だ！」とか騒いで人の下に就くことを良しとせず。まともに仕事もしないものだから、周囲の人間が困ることになるんだ。

そりゃ劉備も黄巾の乱が起こるまで良い年こいて無職だったし、母親も筵《むしろ》売《う》りをするわいな。そんな属尽連中の気位の高さや周囲の人間の気苦労はさておくとして。

「とりあえずは彼らに賞金を懸けましょうか。それと今回の件を大々的に告知し、先年の乱の武功によって役職に就いた者に対する査察は変わらずに続けるように布告を出しましょう」

特に幽州《ゆうしゅう》だな。実家の母親や公孫瓚《こうそんさん》あたりにはできるだけ早く知られるようにせんといかん。元々他の連中にしてみたら完全な貰い事故だからな、関係者の中での奴の印象は間違いなく悪くなるだろうて。

「おう。破落戸のせいで地方の連中から文句を言われるのも億劫だしな」

ふっ。これで捕縛は無理でも再就職は難しくなるだろう。チンピラ、破落戸、犯罪者。他にどんなレッテルを貼ってやろうか。

数日後、李儒が戦乱の元凶の一人と睨《にら》んでいた『やたらと耳が大きな属尽』は督郵殺害の罪で正真正銘の賞金首となったのであった。


〜〜〜〜〜〜〜〜〜〜〜〜〜〜〜〜〜〜〜〜〜〜〜〜〜〜〜〜

某日某所

洛陽から正式に賞金首にされた「二人の大男と小柄な男を連れたやたらと耳が大きな属尽」の手配書が漢の隅々まで生き渡る少し前のこと。

とある伝手からいち早くその手配書を見ることができた男たちは、その手配書を前にして顔をつき合わせて話し合いをしていた。

「おいおいおい！　俺ぁはアイツを殺してねぇぞ！」

「いや、あのあと死んだとかじゃねぇの？」

「……督郵を木に吊るして二百回殴打して殺した罪、か。どう思う？」

「あの後死んだ可能性ってのは否定はできねぇよなぁ。……だから止めろって言ったのに」

小柄な男は溜め息を吐いて、耳の大きな男と気性が荒い男をジロリと見る。

「いや、だってよぉ！　あれは仕方ねぇだろ!?」

「そうだぜ！　兄貴が挨拶に行ったのに無視するなんて無礼だろうが！」

「……お前が無礼とか言えた立場か」

「まったくだなぁ」

そんな視線を受けた男は身動《みじろ》ぎをして視線を躱《かわ》そうとするが、そんなことをしても問題は解決しない。

故にこれからどうするかを話し合わなければならないのだが……

「と、とりあえずさっさとここから逃げるぞ！」

「え？　なんでだよ？」

「……お前、官憲が来たらどうする気だ？」

「は？　そんなの俺たちで返り討ちにしてやるだけじゃねぇか！」

「……はぁ」

即座に逃げることを選択する男に対して、一番年下の男は「敵は倒すだけだ！」と意気を上げるのだが、ことはそれほど単純ではない。

「……なんの罪もない兵士まで返り討ちにしてしまえば、もはや我らはただの賊に成り下がることになる。お前は長兄を賊にしたいのか？」

何せ自分達が殺したのは正式な職務を帯びて訪れた役人なのだ。これだけでも大問題なのに殺した理由が『態度が気にくわない』では大義も何もあったものではない。

「むむむ！」

非があるのは自分達であり官憲は真面目に仕事をしているだけだ。それを返り討ちにする？　ありえない。

……それがとある腹黒の狙いでもあるのだが、残念ながら流石の彼にも最低限の常識はあったようで、感情に任せて戦うのがヤバいということは理解したようである。

「何が『むむ』だよ。まぁいいや。わかったらさっさと逃げようぜ大将……っていねぇ?!」

「「何時の間に?!」」

威勢の良い大男を黙らせたことで、さっさと逃げ出そうとした男たち。だが、彼らの主君である『やたらと耳が大きな男』は既にその場から姿を消していたそうな。

二

先年『弥天安定王』を名乗り漢に叛旗《はんき》を翻した張純《ちょうじゅん》が、元々漢に叛意《はんい》を抱いていた烏桓《うがん》の丘力居《きゅうりききょ》や、黄巾の残党、さらには役人の腐敗を憂いていた者らとともに挙兵。彼らは幽州を中心に青州《せいしゅう》・冀州《きしゅう》などを荒らし回っていた。

いわゆる張純の乱である。

これを平定すべく最初に派遣されたのは、涼州《りょうしゅう》の乱を鎮めた実績をもつ車騎将軍張温《ちょうおん》であった。しかし彼は、これ以上の手柄を立てることを危惧した洛陽の連中の手によって乱を鎮める前にその任を解かれることとなった。

左遷された張温に代わって乱の鎮圧に臨んだのは、中郎将の孟益であった。彼は乱が興った最初期から張純らと戦っていた幽州軍閥の一角である公孫瓚と共に戦い続け、何度も勝利を収めることに成功していたが、最終目的である乱の平定には至っていなかった。

結局孟益は洛陽の役人から「漢全土を巻き込んだ黄巾の乱でさえ年内に平定した（公文書ではそうなっている）にも拘わらず、貴君は幽州の乱を鎮めるのに何年使っているのか」という旨の叱責を受け、その任を解かれてしまう。

――実際には孟益らの手により乱に参加していた者たちの大半は長城の北へと押しやられており、あと一息で彼らの討伐も可能であったのだが、その事実は洛陽の人間に考慮されることはなかった。

ただ、実働部隊の長である公孫瓚から言わせてもらえば、洛陽の役人たちが囀《さえず》る言い分に聞くべきところは皆無であった。

それというのも、乱の平定に時間が掛かっていることは事実だが、そもそも農民たちの一揆である黄巾の乱と、張純を旗頭としているものの、実際は北方騎馬民族である烏桓が中心となって動いている今回の乱では戦力の規模がまるで違うことや、元々張温に手柄を立てさせたくないという阿呆みたいな理由で彼を解任し、残った将兵を混乱させたのは洛陽の人間だからだ。

せめてもの救いは、大将軍府がきちんと申請した分の物資を用意し、届けてくれていたことくらいであろうか。

まぁそれも『監査』を名乗る役人どもが大量に中抜きをしていったが、それでも当初に予想していたよりは余裕があったのは確かだ。

尤《もつと》も、その余裕があったせいで洛陽の役人たちの言い分に『十分な補給をしてやっている』という名目が加わってしまったのだから、これに関しては正しく痛し痒《かゆ》しといったところだろうか。

そういったこれまでの経緯はさて置くとして。

現在も烏桓と戦い続けている公孫瓚にとって重要なことは、これまで戦場を共にしてきた上司である孟益が洛陽の政治的な都合により左遷させられたことであり、現在進行形で自分が洛陽から派遣されてきた新たな上司から呼び出しを受けていることであった。

中平六年（西暦一八九年）一月　幽州広陽郡・薊《けい》

「都督行事騎都尉公孫伯珪。お呼びにより参上いたしました」

公孫瓚は彼我の立場を弁《わきま》えず、あえて不機嫌を隠しもしない挨拶をした。

これは公孫瓚なりの人物査定だ。

もしここで自分を呼び出した人物が「無礼な！」などと激昂するようなら『使えない』と判断した上で「戦場で相手が礼儀を払うとでも思っているのか？」とでも言ってこの場を去ることも辞さぬ心算であった。しかし、幸か不幸か、彼を呼び出した人物はその程度で騒ぐほど狭量ではなかった。

「ふむ。……まぁお主が洛陽の人事に不満を持つのは理解できる。故にこの場でその態度を咎《とが》めようとは思わぬ。が、公の場ではもう少し隠して欲しいものだな」

「……失礼いたしました」

（ほう？　不敬な態度を取った自分に対し、口頭で窘《たしな》めはしたもののその行為自体は咎めず、それどころか理解を示すとは、な。少なくともコヤツは皇族というだけで調子に乗っている阿呆ではないらしい）

もしも目の前の人物が『反乱軍など皇族の威を目の当たりにすれば無条件で降伏するだろう』などと本気で考えている洛陽の役人と同じ価値観を有していたなら、たとえ相手が皇族であろうとなんだろうと従う気がなかった。というか（阿呆なら戦場にて不幸な事故に遭ってもらおう）とさえ考えていた公孫瓚だが、その考えを一部改めることに成功する。

『一地方の軍閥の長が皇族を試す』

この公孫瓚の行いは、洛陽で行ったならば間違いなく『不敬』と罵られた上で投獄され、最悪処刑される程の大罪だろう。

しかしここは文官が支配する洛陽ではない。涼州に並ぶ尚武の地、幽州だ。さらに言うなら、目の前の皇族は遊興でこの地を訪れた皇族というわけではない。乱を鎮圧するために司令官として派遣された身なのだ。

それを踏まえた上で考えるなら、相手の指導者である張純は最初から漢帝国に弓を引くことを決意した上で決起しているし、そもそも彼らの主力は長年漢に逆らっている北方騎馬民族の烏桓や、漢の政治に絶望した民なのだ。そんな相手に洛陽の役人が宣うような『皇族の威』に何の意味があるというのか。

(連中を黙らせるのに必要なのは皇族の威などではない。純然たる武力だ)

少なくとも公孫瓚はそう思っているし、これまで公孫瓚に従って戦ってきた現場の将兵もそう思っている。

故にこの期に及んで『懐柔』を選択しようとしていると噂《うわさ》される皇族の存在は公孫瓚にとって認めがたいものであった。何故なら、それは今まで犠牲になってきた仲間たちに対する冒瀆《ぼうとく》に他ならないのだから。

(今更降伏など認められるものかよ)

ここ数年の戦で幾度となく勝利を収めている公孫瓚だが、当然負けがなかったわけでもなければ、犠牲がなかったわけでもない。

彼の命令に従って死んだ者の中には、親しくしていた人物もいたし、目を掛けていた人物もいた。

そもそもの話だが、公孫瓚が率いるのは主に騎兵である。その育成に掛かる費用や労力は、そのへんの農民に武器を持たせれば成立するような歩兵とは文字通り桁が違う。

それだけの労力を払って鍛え上げてきた部下や友人たちを多数失っているのだ。

『それが戦のこと』といえばそうなのだろう。

実際公孫瓚とて、悔しさはあっても恨みは抱かなかった。

だが、だからこそ今更になって降伏を選択する烏桓の連中が許せないのだ。

事情を知らなければ「降伏するならいいじゃないか」とか「何に憤りを覚えているんだ?」と思う者もいるかもしれない。憤る公孫瓚らの気持ちを理解するためには、烏桓の者たちの言い分を、言葉を飾らずに言い表せばわかりやすいだろう。公孫瓚たちにとって彼らの言い分は以下のようになる。


「漢が弱体化しているようなので叛乱を起こしました」

「でも思った以上に強かったので降伏します」

「これまでは切っ掛けがなくて降伏できませんでした。でも皇族が出てきたなら頭を下げても恥ではないと思いました。だから降伏します。許してください」


以上だ。このような自分勝手な言い分を聞かされて、納得できる者がどれだけいるだろうか。

少なくともこれまで戦ってきた現場の将兵の中に、彼らの言い分に理解を示している者は皆無であろうことは想像に難くない。

確かに最初から命懸けで挙兵した張純と違い、これまで幾度となく漢に敵対と恭順を繰り返してきた烏桓族の立場からすれば、負けた際には降伏することも選択肢にあるのは当然のことだ。

そして、頭を下げる相手として見た場合、突如として現れた劉虞《りゅうぐ》は彼らにとって極めて都合が良い存在であることもまた事実である。

なにせ彼らと劉虞は一度も矛を交えていないのだから。

もしも乱の初期段階から自分たちを圧倒していた車騎将軍の張温や、途中で交代して勝った負けたを繰り返していた孟益に対して降伏した場合、彼らは『戦に敗れたから降伏した』ことになる。この場合彼らは明確な敗者となる。

翻って、これまで一度も交戦していない劉虞に対して降伏した場合は違う。

彼らは『まだ戦えるが、皇族の顔を立ててあえて矛を収めた』という名分を得ることができるのだ。

これにより烏桓は自尊心を保ちながら降ることができる。加えて負けて否応なく降るのと、自発的に従うのではその後の処遇に差が出るのは当然のことでもある。

つまるところ烏桓にとって、名誉の面で見ても実利の面で見ても今以上に降伏に適した時期はなかった。烏桓にだけ都合が良いように聞こえるが、その実洛陽にとっても彼らの降伏は決して悪いことではない。

なにせ乱が長引けば長引く程費用が掛かるし、なにより『これまで数年続いてきた乱が皇族の威によって鎮まった』という実績は得難いものだからだ。このような事情もあって洛陽の役人たちの中には彼らの降伏を拒絶するという選択肢はなかった。

こういった諸々の流れは公孫瓚とて理解はできる。

しかしそれを認めてはこれまでの犠牲の意味がなくなるし、公孫瓚の立場もなくなってしまう。

加えて言えば公孫瓚個人の、武人としての憤りもある。公孫瓚の気持ちを包み隠さず言語化すれば（その程度の覚悟ならば最初から叛乱など起こすな！）といったところだろうか。

かなり荒い意見に思えるがこれは公孫瓚一人の思いではない。張温をはじめとして、この乱に関わってきたほぼ全ての人間が共通して抱いている思いなのだ。

しかし、机の上でしか物事を見ていない洛陽の役人にとっては違った。彼らは『流石は劉虞様』『戦わずして賊を下したぞ』『皇族の、漢帝国の威は衰えてはいない』などと本気で嘯《うそぶ》き、現場の意見を一切無視して連中の降伏を認めようとしていた。

（劉虞が思った以上に話せる人物であることは認めよう。しかし簡単に連中の降伏を認めるわけにはいかん）

「公孫瓚よ。儂は先に貴公らの気持ちは理解できる。そう言ったな？」

「はっ」

「よろしい。ならばこれを見て欲しい」

降伏を跳ね除けるためにどうすれば良いかを真剣に考える公孫瓚。その様子を見た劉虞は、厳めしい表情を崩さぬまま一枚の書状を公孫瓚の前に差し出した。

「これは？」

その書状は、洛陽への物資を要求する際に使われている書式であった。

普段は張温や孟益が認《したた》めていた書類だが、公孫瓚とてその概要くらいは知っている。司令官となった劉虞がこれを持っているのは当然のことだということも理解できる。故に公孫瓚が疑問を抱いたのは書状の存在ではなく、その書状の内容であった。

「空欄？」

そう。公孫瓚が知るところであれば、本来事細やかに数字が書かれているはずの部分が完全に空欄になっていたのだ。

（まさか、いや、有り得るのか？）

これが示すところは何か。公孫瓚に考え付くのは一つだけ。

「貴公が今考えていることで間違っていない」

「……本気ですか？」

「うむ。貴公がこれにこれまで使った費用と、これから使うであろう費用を記すが良い。余程のことでない限りは承認しよう」

清廉潔白を旨とするはずの皇族が取ったのは、公孫瓚が最も有り得ないと考えていたこと。即《すなわ》ち資財による懐柔であった。

「……よろしいので？」

「あぁ。流石に常軌を逸した額を書かれても困るがな。やるにしても少し多いくらいにしてくれ」

「む、無論です」

「ついでに言うが、それはあくまでこれまで掛かった費用とこれから必要とされる費用の補填だ。

これまでの武功に対する褒美は別に用意する準備ができている」

「……大盤振る舞い、ですな」

「それだけ貴公らを買っているのだよ」

「ありがたきお言葉」

言葉だけではない。十分以上の物資を貰えた上で武功まで評価してもらえるというのであれば、公孫瓚に文句などあろうはずがない。

「代わりと言ってはなんだが……」

「わかっております。某はもとより、他の者たちにも烏桓の降伏を認めさせましょう」

「うむ。頼む」

「はっ」

公孫瓚ら現場で動いていた者たちが想定していた最悪の状態は、劉虞が皇族の立場を利用して全ての功績を持っていくことであり、その際に自分たちに『無能』の汚名を着せた上で何の補塡も行わないことであった。もしも劉虞がそのような心算であったなら、彼らはたとえ相手が皇族であったとしても矛を向けたであろう。その場合公孫瓚とて、否、むしろ公孫瓚がその先鋒となっていたはずだ。

（しかし、十分な補塡があるというのであれば話は別よ）

公孫瓚とて名誉が不要とは思っていない。だが幽州の民にとって現物に勝る褒美はないのである。

まして今回物資を申請するのは皇族である劉虞である。張温らが物資を申請した場合と違い、中抜きをされる可能性は極めて低い。

（要求した分のほぼ満額を貰えるのであれば、私以外の将兵も不満を抱かないはず。むしろ皇族を相手にこの交渉を纏《まと》めたとして私の立場が向上するだろう。対価として提示された功績を劉虞に譲ることだが、これも特に問題はない）

先述したような全てを奪われる最悪の状況と比べれば雲泥の差だからだ。配下や同僚を説得することは決して難しくはないと公孫瓚は考えていた。

（やれやれ。どうやらなんとかなったようだな）

脳内で打算を巡らせる公孫瓚を見ながら、劉虞は内心で安堵《あんど》の溜息を吐く。

（ここの連中からすれば皇族というだけでは崇拝の対象にはならぬ。重要なのは兵を率いる勇者であり、勇者に褒美を出す者である、か。奴の言う通りよ）

洛陽から出立する前に大将軍府から白紙の申請書を渡されたときは『自分に不正をさせる気か！』と声を荒らげたものだが、現地に来て、そして公孫瓚の態度を見て劉虞は己の考えを改めていた。

（儂は勇者には成れぬ。ならば勇者に褒美を出して使えば良い。如何《いか》なる勇者とて食事をとらねば死ぬのだからな。そもそも漢の予算を、国防を担う幽州の者のために使うのだから不正でも何でもないと考えるべきよな。報酬に多少の色を付けることについても、個人的な考えを言えば思うとこ

ろがないわけではないが、皇族である自身の安全と引き換えと考えれば必要経費と言える）
清廉潔白にして徳の人として知られるも、正史では烏桓らの扱いを巡って公孫瓚と敵対し非業の死を遂げた皇族、劉虞と、皇族を討ち取ったことで名を落とした公孫瓚。
両者は、大将軍府にいる何者かの介入により手を携えて今後引き起こされる乱世へと歩を進めることになるのであった。

一一　西園軍のその後

中平六年（西暦一八九年）三月　洛陽・大将軍府

去年発足した西園軍とその指揮官である西園八校尉は、下軍校尉・鮑鴻と佐軍校尉・馮芳さらに左校尉・夏牟らの不正発覚により八人のうちの三人がすでに断罪され、現在は助軍校尉である趙融が地下にて取り調べという名の拷問を受けているという、誰もが予想した以上のグダグダな状況となっていた。

予想通りではあるが、あまりにあんまりな状況である。

「いや、なんつーかよぉ」

数年前と比べて心持ちスリムになったような気がしないでもないものの、しっかりとずんぐりむっくり感を維持しているオッサンこと何進大将軍閣下が色々な感情をこめてそう呟《つぶや》きたくなるくらいの惨状ということだ。

彼らの失敗は政敵の失脚であると同時に国家の威信の失墜に繋《つな》がる失態である。

あくまで漢帝国という国家の中での権勢を求めている何進からすれば、正しく痛し痒しといったところなのだろう。

今回の件は１００％相手の自爆なので何進には何の責任もない。しかし責任がないとはいえ、西園軍は帝の肝煎りで結成された国家公認の軍である。畢竟《ひっきょう》その失態は国家の威信を損ねることになる。

その上、この時代の人間とは思えない程発達した経済観念を持つ何進だ。編成されたまま動けない軍勢に維持費をかけること。つまりは財を浪費することに嫌悪感を抱くのは当然のことだ。

ただまぁ、個人的には連中が勝手に失敗してくれたおかげで、相対的に大将軍として軍を維持している何進の評価が高まるのだから、ここは素直に喜んでおくべきところだと思っている。浪費だって今に始まったことじゃない。これから干渉して是正すればいいだけだしな。

「連中は黄巾の乱の際にも当たり前に付け届けを要求したり、中抜きを行っておりましたからな。それが己の軍となれば……まぁこんなものでしょう」

実際、盧植《ろしょく》を陥れた左豊《さほう》が有名だが、あいつらみたいなのは当然他のところにも湧いていたのだ。

朱儁や皇甫嵩、董卓《とうたく》らは上手く回避しただけの話に過ぎない。

で、自分たちで軍を持ったらその予算が予想以上に多かったので「中抜きし放題だ！」と勘違いした阿呆が上記の四人とその仲間なわけだ。

連中は普通の軍ならまだしも『帝が私財を投じて設立した軍』でそんな真似をしたらどうなるか

も考えなかったらしい。

これは本来総大将であり監督役でもある上軍校尉・蹇碩の責任問題なのだが（実際蹇碩は連中の中抜きを黙認していた）あいつはその責任を「助軍が仕事をしなかった！」とか言って趙融に押し付けて逃げた。

いや、サポートは佐軍だから。でもって佐軍校尉は死んだから。という指摘は当然あるのだが、我々としては名家も官軍も潰したかったし、そもそも帝のお気に入りである蹇碩には簡単に手を出せなかったという事情もあったので、とりあえず今回は向こうから差し出された形となった趙融を処理しようという話になっている。

そういった向こうの自爆やら何やらの結果、栄えある皇帝陛下直属の精鋭、西園八校尉は、発足から数ヶ月で半壊。現在残っているのは以下の四人だけとなっていた。

上軍校尉――蹇碩　（宦官・小黄門）
中軍校尉――袁紹　（名家・虎賁中郎将）
典軍校尉――曹操　（宦官・議郎）
右校尉――――淳于瓊　（名家）

名前だけ見れば蹇碩以外はまともなメンバーと言えよう。

そして現在のところ空いた四つの席の後任を決めようとしているのだが、これが難航している。何故か？　そりゃぁ中抜きが罪になるということが判明したことと、蹇碩が趙融を見捨てたせいだ。予想された旨みがないどころか、責任逃れに斬り捨てられるような役職に就きたがる者がそうそういるはずもない。むしろ指名されても断る者が多く、空席のままになっているという現状である。そんな状態であっても残った連中が「一致団結して西園軍を盛り上げよう！」となればまだ良かったかもしれない。

しかし実際は連中の内情もグダグダで、袁紹は「宦官を殺せ」と言って何進に宦官殺しをさせてその泥を被《かぶ》せようとするし、曹操は「宦官は生かして使うべきだ」と主張した上で「自分が仲介役になる」と名乗りを挙げて来るし、淳于瓊は……特に何もしてこないな。粛々と自分のところの兵士を鍛えている。

肝心の宦官は蹇碩が調子に乗りすぎたせいか、十常侍ですら仲間割れを始めていたりする。黄巾の乱に関わっていたことが判明したせいで、帝から距離を置かれている張譲《ちょうじょう》は復権を求めて水面下で何やら画策しているし、趙忠《ちょうちゅう》一派も曹操や何后《かごう》を通じて何進に擦り寄って来ている。

ただでさえ少数勢力なのに、それが分裂しているのだから組織としては終わっていると言っても過言ではないだろう。

己に対抗するために創設された敵が戦う前からこうなってしまっては、何進もなんだかなぁといった感じになるのも仕方のないことかもしれない。

何進の感情はさておくとして、問題はこちらがどう動くかだ。今の状況は、例えるなら『自分に喧嘩《けんか》を売ってきた相手が戦場に到着する前に落馬して腰を強打し、痛みに呻《うめ》いているような状況』である。

ここで相手が回復するのを黙って待つほど我々は優しくも甘くもない。

「正直に言えば、宦官連中は滅ぼすよりは利用したいと考えている。しかし名家の連中はどうしても宦官を滅ぼしたいらしい。そこで聞くが、一体何があそこまで連中を駆り立てているんだ？」

名家の連中というか、主に袁紹だよな。

彼は何かと何進を持ち上げて担ぎ上げようとしているのだが、史実とは違い俺や荀攸という自前の名家閥を抱えている何進は袁紹に価値を見出していないが故に、これまた史実とは異なり腹心のような扱いもされていなかったりする。

当然と言えば当然の話だわな。

元々外戚として皇族に影響力を及ぼす存在となった何進からすれば、宮中の全てを知っている宦官は殺すよりも利用すべき存在だ。故に露骨に宦官を殺すように言ってくる袁紹に対して嫌気が差しつつあるのだろう。

しかし当の袁紹は「自分が嫌われているのは名家である自分に嫉妬しているからだ」などと吹聴しているようで、現状を正しく理解していないときた。自らが軽んじられているという現実を認めたくないだけかもしれないが、必死にアピールを繰り返す姿は実に滑稽である。

そんな名家のお坊ちゃんの暴走はさておくとして。

何進は本当に気付いていないのだろうか？

権力争い以外で名家連中が宦官を恨む理由と言えば一つしかないだろうに。

「閣下。党錮《とうこ》の禁《きん》をお忘れですか？」

「……あぁ。そんなのもあったな」

うむ。気付いていないというよりは完全に忘れていたようだ。まぁ数年前の話だし、何進にはまったく関係ない話だから忘れても仕方のないことかもしれないが、名家にとっては忘れられん記憶だぞ。

「あれは宦官と名家の権力争いによって生じたものでしたが、名家閥にとっては屈辱の歴史です。名家閥を束ねる袁家《えんけ》として傘下にいる者たちの面子に懸けても報復は必要不可欠。絶対に妥協はできないのですよ」

ただしその理屈は被害を被った「自称清流派の連中に限る」という但し書きが必要だがな。濁流派扱いされた連中は普通に宦官とも繋がっているし。

「李儒殿の仰《おつしや》る通りですな。付け加えるなら、現在の袁紹は汝南《じよなん》袁家の中でも微妙な扱いとなっております。そのためどうしても功績が欲しいのでしょう」

「あぁ、それもありましたな」

そうだったそうだった。この時期は袁紹個人にも問題があるんだった。

「微妙な扱い、だぁ？」

荀攸が名家のコミュニティから拾ってきた情報の報告を行うと、何進は顔を顰《しか》めながらも先を促す。聞きたくない情報こそ聞くべきだというのはわかっているのだろうが、その内容があまりにも下らないことが多いので、その類だと思っているようだ。

俺からは『良い勘をしている』と言っておこう。

「はっ。まず基本的なことですが、袁紹は現在汝南袁家を取り纏める袁隗の兄である袁成《えんせい》の子となります」

内心でドヤ顔する俺とは逆に至極真面目な顔で袁家の事情を語る荀攸だが、この辺は性格なのかねぇ。……それとも名家の血筋だの家系に興味を持っていない俺がおかしいのだろうか？

まぁいいや。とりあえずは俺も荀攸の話を聞こう。知らない情報とかあるかもしれないし。

「袁成？　知らねぇな」

「でしょうな。袁紹が生まれて少ししてから死んだようですから、閣下が知らないのも無理はありません」

ふむ、流石の何進も知らんか。まぁ洛陽で権力争いしている真っ最中の袁隗や、その兄である袁《えん》逢《ほう》は知っていても、とっくに死んでいるそいつらの兄貴なんざ興味もないのが普通だろうから、これを一概に不勉強とは言えんわな。

「そして現在の汝南袁家当主である袁逢には嫡子である袁術《えんじゅつ》がおります」

「……あぁ、家督争いか」

「有り体に言えばそうなります」

　そうなんだよなぁ。基本的に現在名家閥を取り纏める汝南袁家において、当主である袁逢と弟の袁隗の兄弟仲は良いのだが、袁隗は甥の袁紹を可愛がっていたのに対し、袁逢は自分の子である袁術を可愛がっていた。

　袁隗にしたら両方甥っ子だから差をつけたくはないのだろうが、実の親を失っている袁紹に感情移入しやすいのだろう。しかし袁逢は甥っ子よりも実子である袁術を可愛がっている。この辺で、袁家の中でも派閥が出来上がりつつあるわけだ。

　でもって今回、西園八校尉になる前に袁隗が袁紹を叱責したって言うので、袁術が調子こいているんだな。

　俺からすればその叱責は、あくまでニートしていて怪しい行動をしていた袁紹に対して『暇を持て余しているから現実が理解できず、何の意味もない夢物語を語るのだ。一度真面目に働け』と焚《た》きつけるための愛の鞭《むち》って感じで見ていたんだが……その結果が西園八校尉だからなぁ。

　袁術も最初は帝の直属軍に所属することになった袁紹を羨んだのだろうが、現在のグダグダ感をみればババを引いたようにしか見えんのだろう。

　今では本人にも聞こえるように嘲笑する袁術と、何とかして盛り返したい袁紹の間でバトルが繰り広げられている。というわけだ。

「そんな袁紹にとって己の足場を固めるためには武功は必要不可欠。ですが現在の西園軍は既存の軍とは違い、予算の無駄を許容できません」

　した結果が例の四人だからな。

「あぁ、名家らしく気前の良いところを見せたいがそれをやれば自分も投獄される。そうかと言って汝南袁家は金を出さねぇ。そうなれば普通の武功は積めん、か」

「そうなります」

　連中、今まで当たり前にやっていたことができなくなったので、何をして良いかわからなくなっているんだ。金に関しては袁術が出さないだろうし、袁隗だって袁家を割りたいわけではない。今は与えられた職務をこなしてくれれば十分と考えているのだろうさ。

　それで言えば、今の袁紹には中軍校尉という名誉だけはある。最終的にはこのまま袁紹が軍部で影響力を発揮し、袁紹が軍部を、袁術が袁家を継いで政治的な力を持てば袁家としては最良といったところだろうか？

　中々上手く考えてはいるが、問題は袁隗に袁紹の気持ちが理解できていないということと、現状では袁家だけではなく軍部にも袁紹の居場所がないということだな。

　俺や荀攸がいなければ袁紹は司隷校尉になれていたかもしれないが、俺達には袁紹に今以上の権力を持たせる気はない。

「そして、普通の武功が積めないならどうするか？　と考えた袁紹は『名家にとっての絶対悪である宦官を殺せば良い』という結論に至ったのでしょう。更にそれを閣下にやらせることで、閣下が陛下のお気に入りである宦官を殺したと弾劾し、罷免されることになれば最良ですな」

「……なめられたもんだ。ま、それがわかれば十分だ。今後袁紹は放置する」

何進としても袁紹が自分を使って宦官を殺し、さらに自分を陥れようとしているのは理解していたのだ。ただ、その根幹にあるモノが理解できなかったので俺と荀攸に聞いたに過ぎない。そしてその理由が袁家の内輪揉めとわかったならば、もはや袁紹に興味はない。といったところか。今後は何を言われても適当に流すことになるだろう。

とは言え注意喚起は必要だろうな。

「今は名家と揉める時期ではないので放置は問題ありません。しかし現時点で袁紹は閣下の名を使い軍部の人間に命令を下しており、これにより『自分は大将軍の代理である』という既成事実を作ろうとしているようです。よって今後は袁紹に何かを任せるのはお止めになった方がよろしいかと」

今までは完全に無視もできなかったので雑用的な業務をさせていたが、今後はそれすらも駄目だということだな。袁紹は史実でも勝手に何進の名を使うし。それを防ぐためにも、放置なら放置でしっかりと周知させる必要がある。

「あぁ、そうくるか。このまま放置すれば野郎は勝手に俺の名を使って悪さをするってことだな？」

「はっ。現時点でも彼が出す書簡には、閣下の名前の横に自分の名を追記しておりますので、後々面倒になる可能性は高いかと思われます」

本来、大将軍府の内部に宛てる書簡は『大将軍』だの『何進』で締められるはずなのに、そこに自分の名前を書いて連名っぽく見せようとしているのが何とも嫌らしい一手だ。それに俺や荀攸宛の書簡には自分の名を書いていないというのも多少の知恵を絞ったのだろうよ。しっかりバレてるけど。

「間抜けは見つかった、か。わかった。袁紹には一切権限を与えんし、仕事もやらん。荀攸は大将軍府の連中に、李儒は宮中や他の軍部の連中にこのことを周知させろ」

「「はっ」」

まぁそもそも中軍校尉でしかない袁紹に大将軍府で何かする権限はなかったんだが、これで袁紹の動きは封じることができたな。

「とりあえず袁紹はこんなところか。次は曹操だな。奴が宦官である曹騰《そうとう》の孫なのはわかるし、十常侍の連中、特に蹇碩と不仲なのも良い。しかし、実際あいつはどこまで使えるんだ？」

曹操か。正直能力だけ見たらかなり使える存在だと思うし、現時点では漢の忠臣と言っても良い存在なんだが、どうもなぁ。

「正直な話、私は彼を使いたくありません。荀攸殿はどうお考えでしょう？」

俺の場合は色んなバイアスがかかっているからな。ここはフラットな視点を持つ荀攸の意見を聞いた方が良い気がするんだ。それに純粋にこの時代の人間が曹操をどう評価しているかも知りたいしな。

「……ほほう？」

「……ふむ」

ん？　なんか微妙な顔をされたが、曹操を使わないっていうのはそんなにおかしなことなのかね？


〜〜

荀攸視点

「……ほほう？」

「……ふむ」

まさか普段から「世の中に使えない人間などいない、使うのだ」と豪語し、時に武力を以て大将軍府の人間を動かす李儒殿が「使いたくない」と断言するとは、な。大将軍も意外そうな顔をして見ているので、相当珍しいことらしい。

「何か？」

自分の言葉がどれだけ珍しいことかを自覚していないのか？　いや、この男は確かにそう言う所もある。洛陽の常識非常識等と嘯きながら、自身がそれ以上の非常識を体現している自覚がないのだからな。

今回の件でもそうだ。蹇碩が強行したとはいえ、陛下の肝煎りで発足した西園八校尉が半年もせずに無力化したのも、袁紹や曹操が生き残りを懸けて大将軍に取り入ろうとしているのも、もとはと言えばこの男が「帝の財の横領は罪」という名目で以て例の四人を投獄や、殺害することに成功したからだ。

この結果、今まで常識であったことを罪とされた連中はもはや何をどうして良いかわからなくなり、自身の考えで動くことができなくなってしまった。

いや、連中だけではない。今や大将軍や私も何か行動を起こす前に、この男の策を聞いておかねば下手なことはできんと判断せざるを得んというのに……。

それに今回もそうだ。彼に敵と認定された袁紹は完全に動きを封じられることになった。

まったく恐ろしいものだ。勅を偽造することで皇帝陛下の権威を半ば私物化して権勢を誇った十常侍も、文官を束ねることでその十常侍と権勢を競うことができている袁家も、彼を前にしては俎《そ》上《じょう》の魚に過ぎんということか。

「荀攸殿？」

……さらにこれだ。自分の方が官位も実績も上なのに微塵《みじん》も増長せず、歳《とし》が上なだけの私にまで謙《へりくだ》る周到さが恐ろしい。

とりあえず現時点で私は敵として見られていないようなので問題はないだろう。ただ今後、彼に『無能』と判断された場合どうなるかはわからん。それに彼にとっての有能・無能の判断基準が不明なせいで、何が正解なのかもわからんのが怖いところだ。

いや、まずは問われたことには答えねばならんか。

「いえ、曹操に関して、でしたな」

「ええ、何かご存知でしたらお願いします」

「そうですな。まず彼は先の大長秋《だいちょうしゅう》、曹騰の孫にして、去年一億銭もの金を使って太尉を買った曹嵩《そうすう》の子です。元々彼自身も様々な噂の絶えない人物でしたが、その名が決定的に広まったのは今から一〇年ほど前に司馬防《しばぼう》殿に推挙され、洛陽の北部尉として赴任した後のことです」

「……あぁそうか。あれから、もう一〇年になるのか」

「例の打擲《ちょうちゃく》ですな。私も話だけは聞いております」

一〇年前といえば李儒殿もまだ学問に明け暮れていたころだろうし、大将軍も当時は外戚の一人にして河南尹《かなんいん》でしかなかった。それがここまでの勢力になるのだから、やはり彼の存在は大きかったのだろう。流石は李家の神童といったところだろうな。

「ええ。お二人もご存知のように、法に則り蹇碩の叔父である蹇朔《けんさく》を殴り殺したことで、彼はその名を高めました」

あれには私も衝撃を覚えたものだ。まさか同じ宦官閥の曹操が十常侍に背くとは思わんよ。

「あれのおかげで宦官閥の中にも不穏分子がいるってわかったし、俺らの工作がやりやすくなったのは事実だ。おそらく名家の連中も曹操に目を付けただろうよ」

「でしょうな」

実際に我が荀《じゅん》家も彼には注目したようだし、袁家にとっても彼は袁紹と同門であるので、それなりの接点があるはずだ。

しかし現状ではその袁紹が宦官を皆殺しにしようとしているのだから、曹操としては何とか大将軍に奴を抑えて欲しいと思っているのだろう。

「その後、十常侍に警戒された彼は洛陽から遠ざけられ、頓丘《とんきゅう》の県令となりました。県令となった後は、黄巾の乱にて朱儁将軍の下で武功を挙げ、済南《さいなん》の相となりました。先年、東郡太守に任命されましたが病を理由に赴任を拒否。数年の隠棲《いんせい》をして、この度西園八校尉となっております」

ここまでなら絵に描いたような立身出世と言える。先年張譲の手により失脚した張温も宦官閥ではあるが、彼は元々曹騰から推挙された者なので曹操は張温の配下とも繋がりがあるはず。つまり軍部や名家との繋がりを持つ曹操は、十常侍とは違う宦官閥の纏め役と言っても良いだろう。

「ふむ。曹騰が死に、十常侍との対立が避けられなくなったことを危ぶんだ曹嵩が、わざわざ大金を支払い太尉の地位を買ったのでしたな」

「ええ、そうです。大宦官であった曹騰の子がわざわざ実権のない太尉という役職を一億銭もの金を支払って買ったということで、帝は曹家を特別視することとなりました。これにより現在、曹操の身が保証されていると言っても過言ではありません」

「……あぁ、あの銭はそういうことか」

むっ？　大将軍は名誉のために太尉を買ったと思っていたのか？　それなら一億もの金は必要あるまい。何せ実権のある三公ですら五〇〇万で買えたのだ。大将軍が兵権を握る今、実権が皆無の名誉職でしかない太尉に一億の価値などあるものか。

それとも張温らを拾い上げて大将軍に対抗する勢力を作るために太尉を買ったと判断していたか？　もしもそう考えていたなら、残念ながら買い被りだ。彼にはそれだけの見識はないし、曹操も軍部を纏めるには実績が足りん。

「つまり今の曹操は、十常侍とは違う宦官閥を率いる身でありながら名家からも評判は悪くなく、武功もある上に張温の関係者との繋がりを持つ、帝の覚えが良い能吏《のうり》となりますな」

太尉となった父親の影響力を活かせるならまだしも、現在はこの程度ということだ。

「だが現在は基盤が弱く、補強するには俺の後ろ盾が必要ってことだな？」

「はっ」

宦官・名家・軍部と全ての勢力にそれなりの繋がりがある曹操だが、所詮は三十三歳の若造。実績が不足していることは紛れもない事実。

さらに曹騰が死に、袁紹が宦官を排斥しようとしている昨今、宦官や名家との繋がりがそれなりの繋がりでしかないということが浮き彫りになってしまっている。

「ここで大将軍が彼を懐に入れないと判断すれば、元張温の配下だった者たちとの繋がりもなくなり、帝から覚えが良いだけの中途半端な存在になります。そうなったら蹇碩は曹操の影響力を除くために動くはず」

「まぁそうだろうな。今は自分も下手には動けねぇから黙認しているが、蹇碩にしてみれば曹操はまさしく身中の虫だ。排除できるなら排除してぇだろう」

「そうでしょうな。ですので反対に曹操を懐に入れたなら、趙忠らに十常侍の内部で権力争いを起こさせて蹇碩を除くことも可能になるかと思われます」

つまり大将軍は自前の名家閥だけでなく宦官閥も手に入れることになる。これこそ「宦官を生かして利用したい」という彼の意に沿うことだと思うのだが、李儒殿の考えは違うのか？

「ふむ。こうして聞く分には使い勝手は良さそうだが……それで、お前ぇは奴さんの何を警戒してやがる？」

警戒？　あぁなるほど。

李儒殿は曹操が大将軍にとっても身中の虫にもなると考えているのか。しかし流石というか何というか、良くもまぁ大将軍は李儒殿が曹操に警戒心を持っていると気付いたものよ。

長年の付き合いというやつだろうが、それがあれば考えがわかるというなら、李儒殿にも人間味はあるのだな。

〜〜〜

李儒視点

なるほどなるほど。荀攸から見たら曹操個人の能力云々ではなく、その繋がりを有効活用するべきだという考えか。いや、わからんでもない。というかそれが正解なのだろう。

何進もその意見には納得しているようだし、これが古代中国的価値観で見た場合の普通なのだというのは理解した。うむ。俺が曹操の名に怯《おび》えただけと言われればその通りだな。

だが董卓のように表と裏を使い分ける人間はいくらでもいるから油断はできん。

さらにこの時代は儒とか家の関係で抑圧が凄いから、その抑圧から解放されたときの影響は馬鹿にならんのだ。

しかし、俺にはあの小さいおっさんに「人並み外れた腕力と武技」が備わっているとは到底思えん。あれだろうか？　どこぞの達人のように力を捨てて理を手に入れたのだろうか？

「ふむ。こうして聞く分には使い勝手は良さそうだが……それで、お前ぇは奴さんの何を警戒してやがる？」

おっと、何進の中では曹操についての考察が終わったようだな。この様子では宦官を生かして使う分には十分と見たか。つーか俺が警戒していることはバレているのな。流石に人を見る目は並外れている。

何進の目が鋭いのは今更のことだからさておくとして。

「はっ。彼については概《おおむ》ね荀攸殿が述べた通りです。現状において彼は閣下の後ろ盾を必要としていますし、袁紹との確執も閣下が後ろに立つことで解消できる程度のものではありますます」

「そりゃそうだ。つーか袁紹との確執なんざ考えもしなかったぜ」

だろうな。今の袁紹は名家閥の代表ではなく、あくまで袁家の身内で名家閥の過激派の代表だ。袁家の当主でもなければ次期当主でもないので、袁紹と敵対したところで袁隗辺りが止めるだろう。なら袁紹個人が誰と敵対しようと何進には関係ないわな。

「よって曹操を抱え込んだ場合に懸念されるのは、袁紹や袁隗ではなく、我々が抱え込んでいる名家閥の者たちとの衝突です」

「は？」

「あぁ。なるほど」

荀攸は気付いたな。

「閣下にとって今の曹操は使い勝手の良い駒となりうる存在でしょうが、我々からすれば彼はどこまで行っても大宦官の孫。名家にとっては敵です。更に言えば、彼は世評がよろしくないのです」

「世評だぁ？　今更お前ぇがそんなの気にすんのか？」

そんなのとは心外だ。世評っていうのは大事なんだぞ。

「閣下が私をどう思っているかはさておきましょう。少なくとも婚姻の儀式の最中に割り込んで新婦を新郎の目の前で掻《か》っ攫《さら》うような輩《やから》に信を置けないのは事実ですね」

能力がどうこう以前に、人として終わっているだろ。

「あぁ？　あいつそんなことをしていやがったのか？」

「……私もそのような噂は聞いたことがあります。若き日のことらしいですが」

世評が悪いのには理由があるんだよ。なんか彼や彼の周囲にいる連中は「昔は若かった」みたいなことを言っているようだが、当時の噂話が話半分だとしても、儒の国である漢帝国では洒落《しゃれ》になんねぇことだからな。

「若き日だからこそ本性がわかるというものです。よって私から見れば曹操は大宦官の孫という立場を利用して他者を虐げるような者です。それ故、彼を懐に入れた場合には荀攸殿が纏めている名家の者たちの反感を買う可能性がございます」

「あぁ。流石にそんなことをしているヤツを囲い込んで『過去のことだからどうでも良い』とは言えんわな」

「はっ」

名家の連中にはそういうのに拘《こだわ》るのは多いし、元々曹操を毛嫌いしているのも多いからな。わざわざ身内に不満を抱えさせてまで曹操が必要か？　と言われれば俺は迷わず「不要」と答えるぞ。

「さらに言えば彼も袁紹同様に閣下の名前と威光を使って何をするかわかりません。場合によっては袁紹と共謀し典軍校尉と議郎という立場を使い、十常侍を勝手に殺そうとする可能性もあります」

この時代に限ったことではないが、殺られる前に殺るってのは当たり前の話だ。

それに西園軍は皇帝直属の軍だ。光禄勲の属官なら宮中でも兵を用いることができると拡大解釈してくる可能性がある。なにせ今のままだとジリ貧だからな。同じ条件の袁紹が暴走する前に曹操だってやりかねんのだ。

「確かに、その可能性はありますな」

頭が柔らかいとは言え、バリバリの儒教家である荀攸としても、曹操の行状は認められないだろう。彼の中でも曹操の評価は暴落したようだな。叔父の筍《たけのこ》殿にもしっかりと釘《くぎ》を刺して欲しいもんだ。

「なるほどなぁ。袁紹といい曹操といい、俺を利用しようとしているのは知っているがそこまで危ういか」

「はっ。あの者どもは未だ若く、己の中の衝動を消す術を知りません。また袁紹に至っては今まで周囲に甘やかされてきたためか、閣下の怖さを正しく理解できていないというのもあるでしょう」

あいつらは未だに何進を『肉屋の小倅《こせがれ》』扱いしているからな。学がない外戚程度なら簡単に利用できるって勘違いしているんだよ。今じゃそれは何進を殺せない宦官や名家の負け惜しみの評価だぞ？　感情で捻《ね》じ曲げられた評価を元に動いたら破滅しかないというのにな。

「「……」」

ん？　なんか二人して固まったが、なんか変なこと言ったか？

「何かございましたか？」

的外れなことを言ったなら指摘して欲しいところなんだが。

「あ、あ～。い、いや何でもありませんぞ。ええ確かに李儒殿の言うことは尤もかと」

おいおい、それは苟攸。それは嘘《うそ》をついている味だぞ？　つーか明らかに何か言おうとしていただろうが。

「……とりあえずお前の言いたいことはわかった。確かに今の段階だと曹操を囲う必要性も薄いな。まずは監視体制を強めることにしておこう」

「はっ」

過去のことは過去のことって感じにするにしても、じゃあ今はどうなんだって話になるからな。しっかり調査した上でなければ、下手に後ろ盾になるのは危険すぎるから、今はそれで良いだろう。

あぁ、そういえば大事なことを言い忘れるところだった。

「それと、陛下のお命が長くはないかもしれません。崩御された際に連中が暴走しないように手綱を握る必要がありますので、その準備もするべきかと」

確か史実だと五月には死んでいるはずだ。まぁ多少の前後はあるかも知れんが、どちらにせよ春の収穫の前後になるから事務仕事が面倒になる。今のうちに準備しておく必要があるだろうよ。

「「はぁ!?」」

ん？　なんで二人して驚いているんだ？　こんなこと調べればすぐにわかることだろう？

え？　俺、何か言っちゃいました？

～～～～～～～～～～～～～～～～～～～～～～～～～～～～～～～～～

何進視点

「「はぁ!?」」

こいつ、今なんて言った？

突如として李儒が放り投げて来た爆弾発言に俺と荀攸は身を強ばらせる。それもそのはず、李儒は冗談のような軽さで話しているが、これは決して冗談で話して良い内容じゃねぇ。

その証拠に李儒ほどではないが表情を表に出さない荀攸も呆《ほう》けた顔を晒《さら》したままだ。そんな荀攸の顔を見て再起動しかけた俺の耳に、李儒による無慈悲な追撃が襲いかかる。

「いえ、帝がもうすぐ崩御するので備えが必要だという話ですが……なにか問題でも？」

「何か問題でも？　じゃねぇよ！」

思わずいつものノリで突っ込んでしまったが、おかげでというか何というか、停止していた自分の頭が動き出すのを自覚する。

とはいえ、いきなりこのような情報をぶち込まれても、事が事だけに簡単に受け入れることができるはずもなく……睨んでもなにかが解決するわけではないとわかっていても、思わず元凶である李儒を睨んでしまう。

（クソっ！　このガキは相変わらずなんでもねぇことのような顔して特大の問題発言をぶち込んできやがる！　しかし今は殴り倒すより確認が先だ！）

「おいっ。帝が長くないってのは本当なのか?!」

「心外ですな。私が閣下に虚報を伝えたことがありますか？」

「ねぇけどよ！　諧謔《冗談》だの韜晦《誤魔化し》はあっても虚報《嘘》はねぇけどよ！」

心底不満そうな顔を見せる小僧に嘘を吐いている様子はねぇ。

――そもそもの話だが、確かにこの場で、しかもこのようなことで嘘を吐いても李儒に何も得るものがないというのはわかっている。しかし、発言の内容が内容だ。皇帝至上主義が当たり前にまかり通っている漢帝国の人間ならば「いくらなんでも世間話のような感じで伝えることでもないだろう！」と考えるのは、当然のことである。

「り、李儒殿。ちなみにその情報はどこから？」

……荀攸も知らなかった、か。そうなるとこの情報は名家の伝手ではなく光禄勲としてのものか？

「宮中の典医からです。最近業者の出入りが激しく、さらに使用している薬の量が増えているようでしたからな。不審に思い少しお話をして患者と病状を確認したところ、どうやら患者は陛下その人で、病状も中々に悪い様子だと判明した次第です」

「中々に悪いって、お前ぇなぁ……」

内心で情報源を探る俺の気持ちを知ってかしらでか、小僧はあっさりとその情報を明かしやがった。いやしかし、俺も他人のことは言えんが、こいつは帝をなんだと思ってやがる。

「ついでに言えば最近は後宮にも通っていないとか。さらに頻繁に祈祷《きとう》なども行っておりますので、余程悪いのだろうと推察しております。これらの情報は閣下にも届いているのでは？」

「……確かに最近後宮に顔を出してねぇってのは聞いている」

あの女好きが後宮に行かねぇってのは意外に思っていたが、まさか病とは。そしてこいつの情報源は典医ってんなら信憑性《しんぴょうせい》は限りなく高い。

まぁ他言無用と受けているであろう典医から帝の病状を聞き出すのが少しのお話で済むかどうかは知らんが、こいつくらいになればたとえ本人がペラペラ喋《しゃべ》らんでも薬の種類と量で病状は推し量れるだろうし、なんなら助手の一人でも攫えば良いだけの話だ。祈禱師も同じだな。

で、それらの情報を集めた結果が「かなり悪い」と。そう考えれば先が長くねぇと予想もできるってか？　……まぁそうじゃなくとも「かなり悪い」ってくらいなら死ぬことも計算に入れるのが普通なんだろうがよぉ。こいつ、この情報の重さをちゃんと理解してんのか？

「今更帝が崩御されたところで閣下はすでに大将軍として実績がありますからね。宦官や名家の連中が他の人間を推そうにも、連中は自分たちで人材を切り捨てておりますので万人が認める後任というのがおりません」

「いや、まぁ確かにそうなんだがよぉ。名家とか宦官ってそういうもんじゃゃねぇだろ？」

「いいえ、治世ならば大将軍という役職に大きな意味はありませんでしたが、今は陛下が自ら無上将軍を名乗り、手足となる兵を集めるほど世が乱れております。それを考えれば実績がない者に兵権を預けることはできませんし、何より独自の武力すら失いつつある連中には閣下を力尽くで引き摺《ず》り下ろすこともできません」

荀攸まで認めた、だと？　ってことは、これは小僧《非常識》だけの意見じゃねぇってことか。

「そうなります。残る可能性としては誰もが認める名将（笑）の蹇碩が弁殿下を廃嫡し、協殿下を奉じて閣下を解任した後で、自分が兵権を握ることくらいでしょうか？」

「ことくらいでしょうか？　ってお前ぇ。蹇碩にそんな権限は……あぁ、あの野郎が遺勅を捻じ曲げるって話か？」

「それもありえない話ではないと思いますよ？　何せ連中は今まで生きていた帝の勅ですら偽造してきた連中ですからね。死んだ人間の言葉を偽るなど当たり前にやるでしょう。よって今後彼らが発する言葉を信用すべきではありません」

さっきも言っていたが、名家の連中の中には宦官に勅を偽造されて殺されていたり、投獄された連中が多くいるからな。そりゃ信じられんわな。

さらに今回に関しては帝が死んだ後で「病で倒れる前に自分だけに伝えた」とか言って捏造《ねつぞう》すればそれで済む話だ。まぁ宦官が一枚岩で、尚且つ対抗勢力に抵抗する力がなければそれでも行けただろうが、な。

「その可能性は高いですな。その場合正面から論破しても良いですが、論破された蹇碩《阿呆》が暴走する可能性もあります。ですので今のうちに弁殿下を太子とし、後宮から出すように働きかけるべきでしょう」

「おいおい。弁を太子扱いするってことは協を廃嫡するってことだぞ？」

こいつはそれを当たり前のことだと思ってやがるのか？

「廃嫡もなにも。今のところ太子は定まっておりません。ならば嫡男である弁殿下が太子となるのは当然のことではありませんか」

「いや、そうじゃなくてだな……」

「何か問題でも？」

「問題だらけだろうが」

俺たちが帝の継承に口を出すってのは普通に考えて越権も良いところだぞ？　まさかこいつ『宦

官どもが当たり前にやっていることだから俺がやっても良い』とか考えてやがるのか？　……それが通るなら俺にとっては悪い提案じゃねぇな。

「なるほど。たとえ正式に任命されていなくとも嫡男が太子になるのは当然だろう。でもって帝が病で執務ができねぇなら太子が代行するのも当然って形に持っていけるな」

ふむ。話の持って行き方としてはこんな感じか。

「はっ」

大将軍としての実績云々は別としても、外戚という立場は捨てる必要がねぇもんな。使えるものはなんでも使うさ。でもって弁が向こうに人質として使われる前に俺らで囲えって話か。

後宮にいれば宦官しか接触できねぇが、表に出てくれば干渉できる。なにせこいつは帝の警護を担当する部署を取り仕切る光禄勲だしな。加えて言えば宦官連中に対して『お前らは政の場に出てくる権限がねぇ』と言い切ることもできる。

それに帝としての仕事も、な。そもそも今の帝は特に何もしてねぇからお飾りが入れ替わるってだけの話になる。あぁいや、朝議に出てくるだけマシになるか。

そしてお飾りとはいえ太子として職務をしたとなれば、正式に任命されていなくても周囲は太子と認めるわな。それに反対するのは蹇碩とその周りの宦官だけとなれば……特に問題なく殺れる。

いやはや今の段階で位人臣を極めたと思っていたが、さらに上があったか。

……行くか？　食肉加工業者の俺が本当の意味で位人臣を極めることができるのか？

「……クカカカカ！　いいだろう！　ここまで来たら行けるところまで行ってやろうじゃねぇか！」

李儒視点

うむ。何進もようやく気付いたか。というか、こいつらって帝だからって気を使いすぎなんだよな。所詮劉宏なんざ昔は聡明だったかもしれないが、今は奸臣《かんしん》に踊らされる神輿《みこし》に過ぎんのだから、チャッチャとただの神輿だって切り替えれば良いんだよ。

中途半端に期待なんかするから駄目なんだ。遺勅だろうがなんだろうが、世の中の人間に聞こえなければ関係ない。こっちでそうせざるを得ない状況を作ってしまえば良いだけだろうに。

「そこまでいけば、あとは蹇碩が何を言ったところで『捏造だ』と言って切り捨てることができます。何せその違勅を聞いたのは蹇碩しかいないでしょうから」

張譲はどうかしらんが、少なくとも趙忠の派閥の連中は蹇碩の言うことを否定するはずだ。そうなればただでさえ人望のない宦官のことだ。その言葉に信憑性がなくなり、周囲は長男である弁の即位を認めることになるだろう。

あとは何進が外戚として宦官だの名家どもを殺して、新たな権力構造を作り、それを子か孫に跡を継がせれば、二〇年後には漢の再興は成ったたって言われるんじゃねぇかな？　そうなったら俺は大将軍府のお偉いさんとして悠々自適に暮らせるし。なんなら隠居しても良い。……って言うのが理想なんだが、そう簡単には行かんだろう。

「はっ！　蹇碩しか知らねぇ先帝の遺勅ってか？　嘘臭ぇことこの上ねぇな」

今までのこともあるし、それが普通のリアクションだよな。

「確かにその通りかと。それに陛下が病に倒れたという今なら宦官連中の弁殿下に対しての注意は薄くなっているでしょうから、蹇碩が何かをする前に引き離すべきです」

荀攸も切り替えが終わったか。儒教家としても名家としても帝に拘る気持ちはあるんだろうが、死ぬとわかっている人間に対して配慮したところで無駄だしな。帝の存在におんぶに抱っこの宦官と違って、名家は家という地盤があるから色々と有利なんだよな。

「良いだろう。まずは連中に帝の病状の確認を取り、病が重いというなら太子を立てることを進言し、太子が必要ないというならば、帝に前に出てきてもらうとしようじゃねえか」

「それでよろしいかと」

これで前に出てこなければ「宦官が隠した」とか「すでに死んでいる」という噂でも流すか？　どちらにせよ名家だって帝が病に倒れていて、必要書類の決済を後宮で宦官が行っているなんての は御免だろうからな。しっかりとぶつかってくれるだろうさ。

「あとは西園八校尉に対しての処置ですな」

「あぁん？」

忘れていたな？　確かに今の連中には『帝のご威光』がなくなればなんの権限もない存在に成り下がる。だが張りぼてとはいえ一万もの兵力だ。放置する手はない。

「これは帝が崩御した後になりますが、蹇碩に上軍校尉の資格なしとして解体するか、他の誰かを将にして管理するかを選ぶべきでしょう。少なくとも現状維持は愚策です」

帝が生きている間は残さんとな。無駄に騒がれて何進を罷免されても困るし。

「解体か管理ねぇ。そういえば……なぁ荀攸よ、俺はな？　あいつらは他の官軍とは予算だの装備や練度が違うから、他の官軍とは交ぜれねぇと思うんだ」

「む？　確かにそれはありますな」

なんだ？　急に荀攸に語りかけ始めたけど、いきなりどうした？　声をかけられた荀攸も訝《いぶか》しがってるじゃねぇか。

「そこで、俺としては、連中は禁軍《近衛兵》の一部隊として光禄勲が管理するのが普通だと思うが、お前はどう思う？」

「え？　は？」

おい、まて、止めろ。

「あぁ確かに。それが妥当でしょうな。実際中軍校尉の袁紹は虎賁中郎将。典軍校尉の曹操も議郎。つまり両者とも光禄勲の属官です。ならば管理は光禄勲に任せるのが妥当かと」

「だよな」

「おいィ!?　荀攸、貴様裏切ったな!?」

「それに禁軍を管理するということは、司隷の軍事を管理するということと同義です。よって光禄勲は司隷校尉も兼任すべきではないでしょうか？」

「いや、それは……」

兼任させせんな！　確かに今は洛陽以外で司隷には率いる兵も管理する兵もいないし、ろくに仕事もないだろうけど、司隷校尉は司隷校尉で独立させなきゃ駄目だろうがっ！　それに禁軍は禁軍でいるし、交ぜられても困るぞ！

「おぉ、それは良い案だな」

『おぉ』じゃねぇよ！　って言うか打ち合わせもしてねぇのになんでそんなに息が合っているんだよ！

「いやいや、それでは光禄勲に権力《仕事》が集中しすぎます。何か異常があった時に困りますので、ここは分散させるべきでしょう」

若いとはいえ俺だって病気に罹《かか》るかもしれないし、羌族《きょうぞく》がまた三輔《さんぽ》地域に来るかもしれないし。

それに実質的な権限はないとはいえ、役職を欲しがる奴はいるだろう？　そもそも俺が一人でなんでもかんでも役職を持っていたら反感を買うぞ。

だからといって曹操や袁紹に権限を与える気はないが、それでももう少し考えてだな……。

「「大丈夫だ《です》。問題ない《ありません》」」

「問題しかないでしょう！」

――中平六年（西暦一八九年）五月。霊帝《れいてい》崩御の報が漢帝国の内外に衝撃を与えている陰で、どこその光禄勲が司隷校尉へと任じられたことが、ひっそりと史書に記されているとかいないとか。

一二　皇帝崩御

中平六年（西暦一八九年）五月　洛陽

春の柔らかな日差しの中に、夏の暖かさが感じられるようになってきた。そんなある日、宮中においてで帝が帰らぬ人となった。

帝の崩御。

これは本来なら報《しら》せを受けた者達は嘆き悲しみ、彼のことを惜しんだ者らが殉死したり、数年の喪に服するということが発生してもおかしくない事案である。

しかし霊帝こと劉宏は、政を省みず宦官を重用し数多《あまた》の人間を粛清したり、売官によって官位官職を売りさばいたり、地方の役人が重い税を掛けることを黙認し、民に苛政を強いたことで黄巾の乱を引き起こす切っ掛けを作った愚帝という評価を下されていた。

また彼が帝位に就いていた期間には天災も多かった上に、晩年は後宮に籠りきりで、せっかく売官などで集めた金も宦官が好きに使っていたことが判明していることなどから、佞臣《ねいしん》を侍《はべ》らせて国を腐らせた帝として周囲の評価はすこぶる悪かった。

そのため、民や地方の軍閥からも「死んでくれて良かった」という声が上がることはあっても、その死を悼むような人間は極々少数であったという。

しかも彼は、死んだら死んだで特大の問題を残していた。

彼が残した特大の問題。それは、後継者を直接指名しなかったことだ。

この問題が表面化したのにはいくつかの順序があった。まず三月の時点で彼が病に倒れていたこと。更にその病が重篤であったことを何進が世間に暴露したのだ。

そして帝が重篤であることにより政が滞ることを懸念した何進が「帝が表に出られない程に重篤であるならば、まずは長子である弁殿下を仮の太子として立て、職務を代行させるべきである」と上奏した。

明けて四月。その時点では自らの意思で言葉を話すことができていた（と言われている）帝は、何進の上奏を却下し、蹇碩に対して「劉協《りゅうきょう》を支えて政を行うように」という勅を出した。……と発表された。

しかし帝から直接話を受けたとされた蹇碩がその勅を布告すると同時に、同じ宦官である趙忠らが「それは偽勅である」と勅そのものを否定。そして「蹇碩による政治の壟断《ろうだん》は許さぬ」と声を上げる。それを受けて宮中では劉弁《りゅうべん》派と劉協派に分かれて後継者争いが勃発。

いつまで経《た》っても決裁されずに溜まって行く書簡を前にした何進は、名家閥を率いる袁隗と協議を行い、軍事や政に関して継承争いをしている両殿下の意を通さず、自分たちの権限で行うという宣言を発表した。

これにより何進は、一時的なものではあるが政の場から帝《宦官》を締め出すことに成功する。

この段階になってようやく宦官たちは何進と袁隗の狙いに気付く。焦った宦官たちが一時仲間割れを中断してそれぞれ袁隗や何進に擦り寄ろうとするも、既に帝の決裁を必要としなくなっていた彼らは「帝の権威を利用できる」ということ以外の価値を持たない宦官たちからの交渉を歯牙にもかけなかった。

五月。宦官閥の弱体化や両殿下の価値の低下を実感し、全ての責任を押し付けられそうになった蹇碩は、何進と権力争いをしていた外戚の董重《とうちょう》と手を組み、諸悪の根源である何進の暗殺を決意する。

だが、その計画は何進の腹心であり、宮中の兵権を一手に握る李儒の手により露見してしまう。計画が露呈した彼らは何進の反撃を受けて捕らえられ、獄中で死亡することとなった。

さらに何進は自分に対抗する外戚である董氏を董重に連座させ、劉宏の母である董太后《とうたいごう》を除く董重の一族郎党を処刑することに成功した。この一連の事件の結果として、劉協には後ろ盾となる者がいなくなってしまう。

こうして何進と袁隗が後ろ盾となっている劉弁の即位を妨げるものは、徐々に、しかし確実に排除されていった。

六月。霊帝の母親であり、劉弁の即位に強く反対していた董太后が洛陽から追放され死亡。これにより劉弁が皇帝として即位することがほぼ確定する。

何進と争っていた董氏は消え、彼の甥である劉弁の対抗勢力となりえる劉協は孤立し、宦官は仲間割れでグダグダ。名家も武力を持つものは地方に分散しているか腹心である李儒の管理下にある。

つまり現時点で何進にとって敵というべき相手はおらず、後は先帝の喪が明けた後で劉弁が即位すれば、漢において何進に逆らえる者はいなくなるという段階まで来ていた。


～～～～～～～～～～～～～～～～～～～～～～～～～～～～～～～～


「クカカカカカカ！　阿呆どもが！　勝手に踊って勝手に死にやがったぞっ！」

うん。まぁほとんど自爆に近いのは確かではある。特に董重は何をしているんだ？

いや、劉協がどうとかじゃなく、何進に対抗するために連中と手を組んだっていうのはわかるんだが。

しかし世間から蛇蝎《だかつ》のごとく嫌われている十常侍なんかと組んだら、名家や世間から酷評を受けて劉協の名が地に落ちるだろうに。普通に考えたら袁隗に連絡を入れておいて何進と袁隗の間に溝を作るべきだったと思うんだがなぁ。

いや、まぁ、確かに奴らがそう動くように仕向けたし、細かい段取りを組んだのも確かだが、あまりに簡単すぎやしないか？　結果論と言えばそれまでなんだけど。

「クックックッ……奴等の命乞いをしたときの顔を思い出すだけで笑いが止まらねぇ」

「左様ですか」

しかしアレだな。大将軍になった時もこんな感じの上機嫌だったが、今回はさらにテンション高いな？　俺なんかここ数ヶ月仕事で忙しくて一日八時間も寝とらんのだぞ？

あまりの忙しさに弟子にも役職与えて働かせるくらい忙しいっつーのに、このオッサンは……とりあえず目を覚ませ。

「おめでとうございます閣下。それでは今後についての注意点を確認していきましょう」

浮かれて馬鹿やって自爆するのは勝手だが、巻き込まれるのは御免だぞ。まだ敵は死んではいないんだ、敵を前に舌なめずりなんて三流がやることだぞ。瀕死《ひんし》と死亡は全然違うんだから、死亡を確認するまでは笑うのは止めておけと言いたい。

いや、死亡確認をした上で死んでいない可能性もあるが……あの曹操の逸話にある『陰の極致が陽に変ると、下の者が上に立つ』ってどういう意味なんだろうな？　死者が蘇《よみがえ》ったとか言うけど普通に診断ミスとかじゃないのか？

と言うか、もしかして王允《おういん》って周りから王大人《ワンターレン》って呼ばれてたりする？

いや、あれの呼ばれ方についてはどうでもいいけど、今は何進だ。

「……一気に現実に引き戻しやがって」

「夢を見たまま死なれても困りますので」

「……そうだな」

なんか前にもこんなこと言った気もするが、まぁいいや。

「では話を戻します。今後の懸念についてですが、単純に暗殺されることですね。食事や酒には注意をし、名家連中が用意した料理はもちろん、盃や器にも注意を払う必要があります」

「毒か。確かにありそうだ」

この時代の毒殺はなぁ。下手な名探偵が出てくるまでもなく「毒だ！」ってのはわかるんだが、犯人の心当たりが多すぎて推理も何もできないんだよ。

動機で言ったら洛陽の名家や宦官のほとんどにあるし。なんなら義理の弟や妹だって容疑者になるときた。さらに何進の暗殺を企むレベルの黒幕なら実行犯《鉄砲玉》なんか幾らでも量産できるから、どれだけ警戒してもし過ぎるということはないんだ。

「特に戦勝の宴《うたげ》だの昇進記念だのは危険です。奴等は心中では閣下を見下しておりますので、本心から閣下の栄達を祝うことなど有り得ません」

とは言えまず注意すべきは名家だろう。連中の中では狡兎《こうと》が宦官ならば、走狗《そうく》は何進だ。

小者にすり寄らせて油断を誘い、一気に殺しに来る可能性は高い。しかもこの場合の小者は本心からすり寄って来るから危険なんだ。

「ふん。宦官の次は俺ってか？」

「えぇ。可能性は高いかと」

奴等の理想としては何進と宦官の相討ちなのだろうが、無理なら何進に宦官を殺させてから、何進を殺す方向に修正するはず。と言うか、現在はその方向で準備をしている最中だろう。結局のところ何進がどれだけ出世をしようとも、袁隗や袁逢がそれを認めることはないということだな。現在すり寄って来ている袁紹にしても、最終的には何進を利用してポイント稼ぎをしたいだけだし。この辺を勘違いすると足を掬《すく》われることになるから、調子に乗らんように釘を刺さねばなるまいよ。

「加えて先日生まれたお孫様にも注意が必要です」

「あぁん？　俺の孫を狙うってか!?」

何進の全身から俺を圧迫するくらいの殺意に近い何かが溢れてくるが、落ち着け。

「私が狙うわけではありませんよ？」

「当たり前ぇだ！　……詳しく話せ」

そう言いながらも荒ぶる気配を抑えきれていないが、まぁ気持ちはわからんでもない。ただでさえ可愛い孫だが、この時代は男尊女卑が基本で、普通に女性に家督の相続が認められていないからな。

直系の男子がいなければ親戚から養子を取ったりする必要があったし、何進もそれを考えていただろう。そんなところに生まれた待望の男子だ。可愛いに決まっている。

そして生まれたばかりの孫を狙われて笑っていられるほど何進は大人しい人間ではない。

とはいっても、何進は自分の立場をよく理解している。当然暗殺防止のための護衛はつけているし、孫に悪意が向かぬように手を尽くしている。

問題はそれを知っているはずの俺がわざわざそれに言及したことだ。

何か自分の知らないことがあると理解しているのだろう。『嘘偽りは許さん』と殺意混じりの目を向けてくる。

いや、ここで嘘をいうくらいなら言及せんがな。と言いたいところだが、軽口を叩ける雰囲気ではない。

「これは名家の中では常識とされることですが、どうも閣下はご存知ないようでしたので、一応警告をと思いました次第」

「名家の常識だぁ？」

「はっ」

「……前置きはいい。さっさと話せ」

それを知らない。という自覚はあるのだろう。先を促す何進に俺は言葉を続ける。

「では。『化粧をする乳母を母屋に入れてはならない。化粧を持ち込ませることもしてはならない』という常識です。ご存知でしたか？」

「……知らねぇな」

「でしょうな」

もともと男ということで化粧とは程遠い上に、生まれも育ちも南陽の食肉加工業者の家だ。わざわざ乳母を雇うこともなければ、乳母だって化粧をするような人間ではなかったはず。だからこそ何進も何后も気付かない。

「しかし化粧なんざ洛陽に住む名家の女なら誰でもやってることだぞ？　それに乳母ってことは基本的に他家に行くってことだ。それに化粧をさせねぇってのは乳母にした女に対する無礼になるんじゃねぇのか？」

うむ。化粧を禁じるっていうのはつまり『すっぴんで家に来い』って言っているのと一緒だからな。そりゃ女心に関心がない何進だって配慮するだろうさ。だが、その配慮が何進を落とす陥穽《かんせい》となる。

「端的に申し上げましょう。化粧とは、言い換えれば微弱な毒なのです」

「は？」

「やはり知りませんでしたか」

「は？　いや、毒、なのか？　連中は毒を塗っているのか？」

「はい。確かに女性は外出の際や客人を迎える際に化粧をします。ですが家に戻ったあとや客人が帰ったあとはすぐに化粧を落とします。それはご存知でしょうか？」

「あ、あぁ」

「では、何故化粧を落とすのでしょう？」

見栄えを気にしているなら、ずっと化粧をしていればいい。だが後世はもとより、この時代の女性ですらそれをしない。それは何故か？

「毒だから、か？」

「そうです。ただ勘違いがないように補足いたしますが、彼女らとて化粧を毒とは思っておりません」

「は？　言っていることが違うじゃねぇか」

俺の言い分に矛盾を感じた何進が再度圧力をかけてくるが、まだ話は終わっていないぞ。

「正確に言えば彼女らは『化粧をしたままだと肌にシミができたり、肌が荒れることを知っている』のです」

「あん？　それが何の……あぁ。そういうことか」

気付いたか。流石に頭の回転が速い。

「ご理解いただけたようでなにより。そう、名家の女性にとって化粧とは『長時間使うと肌を傷める毒となりうるもの』という認識なのです」

「なるほど。……で、お前ぇが言いてぇのは。成人している女の肌を荒らす程度の毒でも赤子には危険だって話か」

「左様です。赤子の肌を荒らすだけならまだしも、古くはわざと乳房に化粧を塗って赤子に吸わせていたという話もございます」

「……ほう」

「暗殺を防止するために雇われた護衛とて、乳房に化粧がされているかどうかを確かめる術はございません」

「そりゃそうだ」

　基本的に乳母とは頼んできてもらうものだしな。これまでの何進なら乳母なんか使わずにいただろうが、大将軍となった今は違う。名家との繋がりや孫に乳兄弟という側近を作る意味でも乳母は必要不可欠。

　で、あればこそ、何進の支配体制が磐石《ばんじゃく》になることを嫌う連中はそこを狙う。なにせ生まれたばかりの孫の存在は、これまで一切弱点がなかった何進にできた唯一の弱点なのだから。

　袁家を筆頭とした名家の連中に圧力をかけられれば、乳母を派遣している家の連中も従わざるを得ない。というか、内心では何進を見下しているだろうから、率先して連中に従う可能性もある。

　化粧の件を何進が知っていれば「ここに来るまでの間のこと」とか言って化粧を落とし、知らなければそのまま授乳すればいい。

　どちらに転んでも悪くないわな。

「なるほどなるほど。確かにそれなら最初から乳母に化粧をさせないことや、化粧を持ち込ませないってのも理解できる」

「えぇ。重要なのは乳母の面子ではなく、赤子の安全ですからな」

「違いねぇ」

乳母を気遣うあまり、赤子を危険にさらしたら本末転倒だ。

「お前ぇの言い分は確かに理解した。孫の出産祝いもよこさねぇ薄情な小僧だと思っていたのは取り消してやろう」

「……恐悦至極にございます」

そんなこと考えてやがったのか。つーか子供ならまだしも孫の出産祝いなんかするわけねぇだろ。いや、媚《こび》を売る連中は贈っているのか？　後で荀攸に聞いてみよう。

孫の出産祝いに関しては後にするとして。とりあえず乳母に警戒することの必要性を納得したようなので元の話に戻そうか。

「お孫様とご自身の安全の確保は絶対。あとは張譲ら十常侍にも注意が必要ですぞ」

「あん？　あぁ。そういや元の話題はそれだったな。しかし張譲？　今のあいつらに何ができるってんだ？」

おいおい。史実だとお前はそんな死に体の奴らに殺されるんだぞ？　今は史実よりも勢力を固めているし、連中が入り込む隙もほとんどないとはいえ油断は禁物。

「閣下。連中は数百年の間、漢の汚泥の中で生き抜いてきた化生です。生きている限り毒を撒《ま》き散らす化物を相手に油断などしてはいけません」

今の連中は陸に揚がったフグみたいなもんだが、瀕死だろうがなんだろうが猛毒を持った存在だぞ？　毒袋を破裂させて相討ちを狙う可能性もあるんだから、注意は必要だろう。

「……それもそうだな。んじゃお前はさっさと張譲どもを殺すべきだって言いてぇのか？」

しかめっ面をする何進だが、気持ちはわかる。宦官の扱いに関しては、何進の配下の中でも意見が分かれている難問であり、万事が順調に見える何進にとって数少ない悩みの種だ。

――李儒はそう考えているが、その数少ない悩みの中に「どうやって李儒に自分の縁者を押し付けるか？」という悩みがあることを、彼は自覚していない。

そんな何進の狙いはさておくとして。

「そうですね。正確には現状で力を持ちすぎている十常侍は殺して、適当な俗物を生かして使うのが一番かと」

意見で言えば曹操の意見に近い。袁紹の意見は「宦官死すべし！」だが、流石に今の段階で一人残らず宦官を殺せば、権力を増しすぎた何進への風当たりが強くなる。

名家だけなら大したことはないが、これに諸侯が加わると面倒になる。特に劉虞《りゅうぐ》や劉表《りゅうひょう》、劉焉《りゅうえん》のように軍事力を持つ皇族は厄介だ。

だからこそ、共通の敵として宦官は残す必要があるんだよ。

敵は分断して小さくしたのを管理すれば良い。ついでに言えば向こうが管理されていることに気付かなければ最高だ。

「言いたいことはわかる。今後のことを考えれば、確かにそれが一番楽だろうよ。問題は誰が管理するか、だな」

管理は確かに重要だな。だがその手には乗らんぞ！

「そうですな。閣下と適度な距離があると思われていて、かつ連中が従いやすい者が良いでしょう」

「……具体的には？」

不満そうな顔しやがって。やっぱり俺にやらせる気だったな？　しかし流石に俺は無理だし、荀攸も無理だ。曹操も駄目。袁紹は論外で趙忠も力が強すぎる。ならば帝派にさせるべきだろう。

「王允などはどうでしょうか。彼は宦官に恨みを持っておりますが、帝にとって宦官が必要だということも理解しております」

「……ふむ。確かに奴なら宦官に配慮なんざしねぇ、か」

「はっ」

実際王允は張譲が黄巾と繋がっていたことを帝に直訴して宦官を糾弾するくらいには宦官が嫌いだからな。少なくともアレが生きている限りは十常侍のような専横を許さんだろうさ。

それにアレには他にも使い道があるしな。今のうちに実績を積んでもらうさ。

「そうだな。奴なら宦官を生かさず殺さず管理してくれるだろう。それに帝派にも配慮しているところを見せられるし、何より曹操のように突飛なことをしないから行動が予想しやすいのも良い」

「ですな」

くくく、王允め。恨み骨髄にまで至っている宦官を差別することなく管理できるかなぁ？　……間違いなく日々の酒量は増えるだろう。葡萄酒でも贈ってやろうかねぇ。

アレは酔えない濁酒擬《もど》きよりもよっぽど旨かろう。そのまま依存症にでもなってくれれば最高だよ。なんなら依存症で倒れてくれても構わんぞ？　なんたって俺は高級品を贈っただけだし。奴が勝手に酒に溺《おぼ》れる分には責任も何もあるまい。

もしも奴が倒れたら、後任は筍《たけのこ》の軍師どのにでも任せるか？　周囲からは荀攸に近いから警戒をされるかもしれんが、向こうは何だかんだで名家の拘りがあって何進を受け入れられずにいるみたいだし。加えて嫁の立場も、な。

それに荀攸だって身内がニートは嫌だろう？　何より奴は後世『王佐の才』って評価されるほどの人物だからな。いずれ曹操に仕えることになるかもしれんが、とりあえず今はしっかり王（允）の横で働かせることで、ニートから脱却させてやろうじゃないか。

もしこの提案を断られても、それはそれで構わん。重要なのは俺や何進が荀家に対する配慮を見せることなんだからな。

はてさて、いきなり政治の中枢に片足を突っ込むことになるが、これまで中立を気取っていた荀家はどう動くことやら。

――この時、ストレスで酒に溺れる王允《老人》とその介護をする筍《たけのこ》の軍師を想像し、内心の愉悦ムーヴを隠そうともしない腹黒外道な小僧を見て、どこぞの大将軍が「うわぁ」という顔をしたとかしなかったとか。

一三　江東改め江南の虎

皇帝劉宏の崩御。本来なら国家を揺るがす大事なはずのそれは、前述したような理由もあって特に大きな問題となることなく世に受け入れられた。

むしろ問題となったのはその前後に起こった蹇碩や董氏の粛清に伴うあれこれであった。

大前提として近年洛陽に於いて最大の権力を保持していたのは張譲ら十常侍を筆頭とした宦官たちであった。宦官が力を持つことができていたのは、偏《ひとえ》に帝を独占していたからだ。

しかし、今回彼ら宦官に利用されつつも結果的に庇護《ひご》していた形となっていた皇帝劉宏が死んでしまったことに加え、その後継者を巡る張譲派と蹇碩派のゴタゴタがあったせいで、宦官の力は大きく衰えてしまった。

洛陽という名の伏魔殿を実質支配していた宦官勢力が弱体化したのだ。この好機を見過ごすほど、彼らの政敵である何進も、清流派を率いる袁隗も甘くはなかった。

普段互いを牽制《けんせい》しあっていた両者は今回に限って結託することを約束し、その手始めとして洛陽のみならず、地方からも濁流派を排除するために動きだした。

宮中で絶対的な力を振るっていた十常侍や、同じ外戚として何進の動きを掣肘《せいちゅう》していた董氏らが権力中枢から排除されたが故に、彼らを後ろ盾としていた濁流派の者たちは碌に抵抗できないままにその席を追われることとなった。

こうして、国家を腐らせていた元凶とされる宦官や、それと手を結んでいた濁流派という漢帝国の中に巣食っていた虫の大半が一掃されたことにより、傾きかけていた漢帝国は再興の道を歩むことになる……わけではない。

その権勢に衰えが見えたとはいえ、長年洛陽に君臨していた張譲は未だ健在であったし、そもそも清流派とは、あくまで宦官と組んでいない存在を指す言葉でしかないのだ。

……何が言いたいかと言えば、袁隗のような政治中枢に身を置く人間を除き、清流派を自称する者たちの大半が『自分たちもまた十分以上に腐っている存在であるということを自覚できていない』ということである。

そんな、自らを『清い者』と自称する彼らの台頭は、地方で様々な問題を引き起こすこととなるのであった。

〜〜〜〜〜〜〜〜〜〜〜〜〜〜〜〜〜〜〜〜〜〜〜〜〜〜〜

中平六年（西暦一八九年）七月上旬　荊州・長沙郡

「……やってくれたな」

南郡に派遣していた配下から届けられた書状を目にした孫堅《そんけん》は、その書状に書かれていた内容を理解すると同時に思わずそう呟いていた。

「殿？」

苦虫を噛《か》み潰したような表情をする孫堅を訝し気に見るのは、書状の内容を知らない黄蓋《こうがい》だ。

「見ろ。それでお前も俺の気持ちがわかるはずだ」

「拝見します……」

特に多くを語らず、そのまま書状を渡してきた孫堅を見て（また面倒事が出来《しゅったい》したか）と溜息を吐きたくなったものの、主君の前ということもあって何とか耐えて内容を読み進める黄蓋だったが、書状を読み進めていくうちにそのような配慮は頭から消えてしまう。

「……ここに書かれていることは真実《まこと》なのですか？」

黄蓋が溜息に代わって上げたのは、この情報の信憑性に対する疑問の声であった。

「情報を疑う気持ちはわかる。だが今の段階でわざわざ俺に嘘の情報を伝える意味はない」

「そ、それはそうですな。失礼致しました」

「かまわんよ」

鷹揚《おうよう》に頷く孫堅にも黄蓋の気持ちは理解できていた。なにせその書簡には『王叡《おうえい》に代わって新たに荊州《けいしゅう》刺史に任じられた劉表が宜城《ぎじょう》にて土豪たちを謀殺。その後、南郡の襄陽《じょうよう》を州都する旨を宣言した』と記されていたからだ。

正直に言えば孫堅にも情報を疑いたい気持ちはある。だが元々彼らが活躍していた戦場では、常に正しさと量が満たされている情報が届けられるわけではない。よって戦場に生きる将は少ない情報からできるだけ正しい情報を摑《つか》むことに長《た》けている。その実戦で培われてきた勘が、両者に『この情報に嘘はない』と確信させているのだ。

孫堅も黄蓋も、たとえ情報を送ってきた者を疑うことはあっても、今まで自分が培ってきたそれを疑うようなことはない。

そして情報が正しいのであれば、次に黄蓋がすべきことは主君である孫堅との意識の共有と、問題解決へ向けての意見交換であろう。

そう思った黄蓋が孫堅に視線を向ければ、孫堅は孫堅で黄蓋の気持ちが理解できているのだろう。頭痛を堪《こら》えるかのように頭を押さえつつ、淡々とした声色で告げる。

「劉表と言えば、宗室の出にして八及の一人に数えられる程の人物だ。それがまさかこのような策を弄すとはな」

「……清流とはなんだったのでしょう」

苦々しい表情をしながら吐き捨てるように呟いた孫堅の言葉に、黄蓋もまた本心から呆れと嘲りを混ぜたような声色で応える。

彼らが劉表の行いに眉を顰《ひそ》めるのもむべなるかな。

今回劉表がしたことは単純にして明快ながら悪逆にして非道と誹《そし》られることだった。

まず彼は今回の赴任に先立ち、土豪である蔡氏の娘を側室に迎えた。

次いで、その蔡氏や、荊州北部に名を知られる名士である蒯越と蒯良を使って荊州の土豪に対し自身の州刺史赴任を祝う席を開催することを布告し、その席に土豪を呼び出した。

そしてその祝いの席において自身の就任を祝いに来たはずの土豪たちを問答無用で殺害したのである。

見事に土豪を嵌《は》めることに成功した当人たちならまだしも、第三者がこの行いを称賛するはずがない。むしろなまじ劉表に近い立場にある上に、基本的に武人気質である孫堅にしてみれば、劉表とその周囲にいる連中に危機感を抱くことはあっても、共感するようなことはない。

「劉表め。なにが不穏分子の排除だ」

確かに新任の劉表からすれば黄巾の乱以降、自衛の名目を盾に独自の武力を持ち始めた土豪の扱いには頭を悩ませるところであっただろう。前任者の王叡と親しかった連中を排除したいと思うこともあっただろう。だが、だからと言って客人として招いた土豪を問答無用で謀殺して良いというわけではないのだ。

ましてや劉表は荊州に根を張る土豪である蔡氏を婚姻で以て懐柔している。それらを念頭にして考えた場合、今回の謀《はかりごと》は蔡氏による対抗勢力の排除とも取られてしまうではないか。

「……まことに。しかしこれはこれで一応の成果は見られますぞ」

黄蓋が言うように、確かに今回の件は外道の誹りをうけても仕方のないことだが、中・長期的に見れば一概に悪手とも言い切れないところがあるのも事実である。

なにせ今回の件で劉表は、自分や自分の後ろ盾である蔡氏に逆らう勢力——実際のところ現時点では逆らうも何もなかったのだが、少なくとも今回殺された者たちとて無条件に蔡氏の後塵《こうじん》を拝すつもりもなかったことは確かだ——の排除ができたのだ。

これによって短期的には混乱が起こることは明白だが、その混乱が治まった後は統治が楽になることも確かである。それだけではない。

今回の謀によって劉表は、死んだ土豪たちが治めていた地を自分の直轄領として得ることができるのだ。これによって洛陽の威光頼りのお飾りに過ぎなかった劉表は、荊州の地で確かな地力を得ることが可能になったのである。

日本の戦国時代で言えば、幕府に与えられた格式しかもたず、その存在価値も国人領主の利権代表者でしかなかった守護大名が、武力を用いて国人領主を従えることに成功した戦国大名へと変貌したようなものだ。彼らが得たものは決して少なくはない。

まあ、やっていることは益州《えきしゅう》の劉焉と同じことだが、赴任から掌握までの早さは段違いと言っても良いだろう。歴戦の孫堅もなんら手を打てなかったほどの早さで行われた謀殺劇は見事の一言。

しかし、その早さ故に問題が派生することもまた事実なわけで。

「荒れるな」

「……御意」

中・長期的な統治を考えるなら今回の謀は決して間違ってはいない。劉表のような儒学者は『大事の前の小事』と嘯くかもしれないが、為政者たるもの将来のために今を捨てても良いというわけではないのだ。

当然、謀によって親族を殺された土豪たちは怒り狂って劉表に矛を向けるだろう。それに対して劉表は『土豪による漢への叛乱が発生した』とでも言って軍を動かそうとしているかもしれない。官軍が動けば、土豪の残党に過ぎない連中に生き残る術はない。

ここまで見越した謀なのは孫堅にもわかる。しかし、しかしだ。

「そもそもの話だが、劉表が本当の意味で荊州を掌握することを洛陽が望んでいるとは思えん」

「それは、確かにそうですな」

清流派と敵対している宦官の張讓は言うに及ばず。同じ清流派である袁隗が宗室である劉表の台頭を望むか？　と言われれば、答えは否であろう。

清流派を率いる袁隗は同時に名家閥の旗頭である。しかし皇帝の血族である宗室は、その格に於いて彼ら名家とは一線を画す存在なのだ。

そんな格別の存在が力を持つことを袁隗が望むはずもなし。

張譲にも袁隗にも、土豪が地方で独自の武力を持つことを警戒する気持ちはある。しかしそれは言ってしまえば一つの軍閥が生まれるかどうか、という問題に過ぎないのだ。

だが劉表は違う。その出自だけでも自分たちの制御下に置けない存在だというのに、それが地方の軍閥を束ね独自の武力を持つ存在となった場合、彼らに何ができるというのか。

豫洲《よしゅう》は汝南郡に地盤を持つ袁隗はまだ良い。しかし洛陽でしかその威を発揮できない張譲にとっては、劉表の台頭は正しく死活問題である。なればこそ、黙認はあり得ない。

「洛陽は何かしらの手を打つだろうな」

「例えば？」

「俺宛に勅命でも出す、か」

「あぁなるほど。……そう言えば亡き武陵《ぶりょう》太守・曹寅《そういん》も似たようなことをしましたな」

「あれは光禄大夫の檄文だったがな」

二人が思い浮かべるのは少し前の話である。

それは前任の荊州刺史であった王叡がまだ刺史であったころのことだ。

彼は自分と不仲であった武陵太守の曹寅を殺そうとした。その謀に気付いた曹寅は何をトチ狂ったか、孫堅に対し『逆賊王叡を討て』という檄文を送りつけてきたのだ。

孫堅とて常日頃から自分を軽んじてきた王叡は嫌いだったし、濁流派でもあった彼が客観的に見て逆賊と言われるような存在であることも理解していたので、口実があったら自分が殺していた可能性もあっただろう。

だがその口実が悪かった。

「よりにもよって光禄太夫の檄文ですからな」

しみじみと呆れた声を出す黄蓋に、孫堅も苦笑いを浮かべて頷くしかなかった。

「うむ。曹寅も俺と向こうの関係は知っていたのかもしれん。だが、上辺だけだったな」

「まさに」

実際孫堅を長沙郡の太守にしたのは大将軍何進である。そして孫堅に檄文を発したとされる光禄大夫と言えば、彼の懐刀である光禄勲・李儒の被官となる。

――もし実際に李儒の命令があったならば、孫堅とてこれ幸いと王叡を討ち取るために動いただろう。だが本物を知る孫堅には「あの男がそんな檄文を発するわけがない」という確信があった。

同時に『檄文が偽物と知りつつ動いた場合、自分がどのような目に遭わされるか』という恐れも、だ。

偽物と気付かなかったら？

……考えたくもない。

万が一あの檄文が、本当に光禄大夫が発したものだとしても、上司である光禄勲が認めていない時点で孫堅に従う義務はない。むしろ孫堅には檄文を偽造した罪を裁くために曹寅を討伐する義務が生じてしまったのである。

人を呪わば穴二つというかなんというか、結局曹寅は利用しようとした孫堅によって討伐されてしまったという経緯があった。

孫堅はその前例に倣《なら》い『宦官か清流派の人間が偽勅を出す可能性がある』と告げたのだ。

「では、それがきたら我らはどう動きましょう?」

「……」

この場合、なまじ洛陽の権力者の威光が絡んでくるからタチが悪い。腐り切っているとはいえ漢は大国である。さしもの孫堅とはいえ、単独で漢の政を差配する洛陽の権力者を敵に回そうとは思っていない。

ならばどう動くのが正解なのだろうか?

「……」

「……」

悩む孫堅とその葛藤する姿を見守る黄蓋。

——実のところ、孫堅の中で答えは既に出ている。というか黄蓋にもわかっている。だがそれを言い出さないのは、偏に孫堅の決断を待っているからだ。

「……」

「……」

剛毅果断を体現したような武人である孫堅がかくも躊躇《ちゅうちょ》せざるを得ない解決策とはなにか。中々それを言い出そうとしない孫堅を見守っていた黄蓋であったが、彼は彼で暇なわけではない。答えがわからずに悩んでいるのならば待つこともあろう。その内容に血が滲《にじ》むような決意が必要ならば躊躇する時間も与えよう。

だが今回のこれは、そのどちらでもない。

「諦めなされ」

「な、何をだ？」

長い時間真剣に悩む孫堅を見て徐々に阿呆らしくなってきた黄蓋は、孫堅が言い出さなかったことを敢えて口にすることにした。

「殿が洛陽に赴くしかありませぬ」

「……ぐっ」

本人が不在なら、それも洛陽へと赴いているというのであれば、洛陽からどのような内容の書状が来てもその内容を無視できる。

また、もしも向こうで直接袁隗や張譲に何かを命じられたとしても、何進がそれを止めてくれるだろう。逆に何進が止めないのであれば、それは漢の意思となる。それが正式な命令というのであれば従うだけの話だ。

このように、黄蓋の中ではとっくに結論が出ていた。そして黄蓋は自分が考えている程度のことが孫堅に理解できていないはずがない、と確信している。

そしてその確信は間違っていない。

「い、いや、それは理解しているのだがな……」

「なら動きなされ。躊躇している時間などありませんぞ」

黄蓋の言っていることは正しい。

言うまでもないことだが、劉表が拠点と定めた襄陽は彼らがいる長沙よりも洛陽に近い。それは、洛陽が襄陽の状況を理解し、手を打つ時間に反映されるのだ。

書状が届いた時点で何かしらの問題が発生してしまう以上、孫堅はその前に動かねばならないのである。

「む、むぅ」

苦手だから嫌だ。程度の反論が通用するような状況ではない。忠臣に尻を蹴り上げられる形となった孫堅は、渋々洛陽行きの準備を進めることになる。

――陰謀と策謀の伏魔殿である洛陽にて孫堅を待つのは、皇帝の庇護を失い瀕死の状態に陥りかけている宦官か、それともやや勢力を盛り返しつつある名家の人間か、はたまた急速に確固たる地位を築きつつある出自の定からぬ外戚か。

近い将来、それを知った孫堅が心の底から絶望することになるのだが、それは彼が洛陽に辿《たど》り着いてからのお話である。

一四　若き英傑の酒宴

中平六年（西暦一八九年）七月下旬　洛陽

先帝の葬儀に伴うあれこれも一段落しつつある夏の日の夜。とある邸宅の一室にて、名家閥の旗頭的存在を自称する若者と、自他ともに認められつつある十常侍らに対抗している宦官閥の旗頭的存在の若者が盃を酌み交わしていた。

「くそっ。あの成り上がり者がっ！」

杯に注がれた酒を一気に飲み干した青年は、ドンッという音とともに恨み言を吐き捨てる。

そんな青年の向かいの席には、今も恨み言を呟く青年とは正反対に落ち着き払いながら己の杯を傾ける少年のような青年がいた。

愚痴を垂れ流しながら荒々しい気を振り撒くのが、袁家の若き俊英として知られる袁紹であり、その向かいに座り、袁紹を冷静に観察しているのが、大宦官曹騰の孫にして、近年太尉となった曹嵩の息子である曹操だ。

二人はそれぞれ名家閥と宦官閥という違いはあれど、同年代かつ同じ学問所で学んだ仲ということもあり、日頃から派閥を越えて交流を行っていた。

まぁ曹操にしてみれば袁紹をおだてておけば、将来何かの役に立つだろうという計算があったし、袁紹にしても宦官の関係者は気にくわないが彼と付き合っていれば向こうの情報などが得られるし、何より学友に頼られて悪い気はしないという感じで、お互いに打算ありきの付き合いなのだが、ある意味では利害が一致しているのでこれまでは特に問題になることはなかった。

この利害が一致している彼らの最近の話題と言えば、当然と言えば当然のことながら今をときめく大将軍閣下とその配下《自分たちの上司》に関してである。


～～

曹操視点

今日も今日とて何進の文句。いやはやよくもまぁ同じような愚痴が続くものだな。

「曹操っ！　お前は悔しくないのか?!」

この問いかけも何度目だ？　とはいえここまで激している袁紹相手に「いや、別に」とは言えん。

「俺だって悔しいさ。しかし現状ではどうしようもあるまい」

悔しいもなにも、何進の出自がアレだから気になるのだろうが、そもそも外戚が出世するのも、政敵である宦官や名家の連中が動けなくなれば外戚の権力が増すのも当たり前のことだろうに。しかも何進の年齢を考えればあと十年もすれば死ぬのだから、無駄に拘ることもあるまい。それを何でこうも騒ぐのか。

「くそっ！　肉屋の小倅が偉そうに！　何が『勝手に俺の名を使うな』だ！　奴の名など意味はない、その隣にある俺の名に意味があるということすら理解できておらんのだぞ！　あの成り上がり者がっ！」

いや、何をしているんだこいつは。勝手に大将軍の名を使うのはどう考えても拙《まず》いだろう。

結局のところこいつの鬱憤はコレなんだな。普段から甘やかされて育ってきたから、袁隗だの袁逢のような連中ならまだしも、それ以外の者に行動を掣肘されるのが気にくわんということらしい。

……危ういな。少し水を差すか。

「確かに彼は成り上がり者かもしれんが、彼に意見を述べているお二人は名家の出だろう？　ならば彼も名家の考えに従っていると言えるのではないか？」

袁家の派閥ではないが荀攸の生家である荀家は紛れもない名家だし、李儒とて弘農《こうのう》に荘園を持つくらいだからそれなりの家なのだろう？　ならば何進は名家の意思に従って動いていると言えるのではないかと思うのだが。

「……百歩譲って荀家の出である荀攸はまだ良い。しかし李儒？　どこの馬の骨ともわからん若造と我らと同格のような扱いをするな！」

ん？　妙に李儒に対して対抗意識が強いな？　普通なら同格と言っても良い荀家の荀攸を警戒しそうなものだが……あぁなるほど。

　これは宦官で言えば「十常侍と一緒にするな！」と騒ぐ自称忠臣の宦官と似たようなものか？名家にも派閥はあるし序列があるのは知ってはいたが、その確執は俺が想像する以上のようだ。

（これは何かに使えるかもな）

というか、それなら十常侍《袁家》と一緒にされない李儒《李家》の方がまともに見えるのだが、その自覚はあるのか？　それに勘違いは良くないぞ。

「同格というか、今のところ完全に向こうが格上だがね」

「うぐっ！」

　少しは冷静になれ。

　それとわざわざ何進の名を隠しているというのに、李儒の名を大声で叫んでどうする気だ。立場で言えば何進の方が上だが、実質的に大将軍府を動かしているのは奴だぞ？　一時はあの張譲すら上回る権勢を得ていた蹇碩ですら、奴とはまともに遣り合えずに一方的に殺されたのを忘れたのか？

　あれは何進がどうこうではなく、李儒の手際だ。

　今回の件で確信したが、あの男は名家だろうがなんだろうが容赦はしない。袁隗とて準備が不足している状態では奴と戦おうとは思わんだろうよ。

故に、だ。もしも今の段階で袁紹が李儒と敵対したなら、袁家は迷わず袁紹を切り捨てるだろう。その倍位は家督争いをしている袁術も積極的に動くだろうしな。

それだけの相手だという認識をし、万難を廃して動かねば即座に食われるというのに……こいつは袁家の力を過信しているのか万事に無用心過ぎる。

「大体なんだアイツは！　光禄勲で司隷校尉で将作左校令で輔国将軍で弘農丞ぅ？　光禄勲だけでも俺たちより上だというのに、あんな若造にこんな待遇が許されていることに不満はないのか！」

だから大声を出すなというに。……いやむしろこれなら、不平不満ではなく「若造が嫉妬でイラついているだけ」と見てもらえるか？

「何故黙る！」

「……実績があるからな。仕方あるまい」

何故黙るってお前。言葉を選ばんと俺も連座させられるだろうが。

それに不満？　あるはずがなかろう。それどころか、あそこまで仕事を押し付けられているのを見れば、むしろ哀れみすら覚えるぞ。

大体だな。少なくとも李儒には親の脛《すね》を囓って無職を貫いて大物を気取っていたお前や、朱儁の下で多少の武功を稼いだだけの俺とは違い、黄巾の乱の際の後方支援の手際や涼州の乱に於ける指揮といった実績があるのだ。

更に言えば、それ以前に外戚の一人に過ぎなかった何進を大将軍にしたというのは大き過ぎる功績だろうよ。

政を知り、戦を知り、戦準備の重要性を知る腹心ならば、若くともそれにふさわしい役職を付けるのは当然だ。

……まぁ役職を与えすぎて潰れる可能性も皆無ではないが、今のところ全ての職務を滞りなく終わらせている所を見れば、まだまだ余裕はありそうだがな。

それと蹇碩と董重が企てた何進の暗殺計画を察知して対処したのは奴なはず。ならば奴は多忙だろうが何だろうが敵を見逃さんということが証明されたと見ても良い。

つまり奴がいるうちは何進に隙はないと考えるべきだ。

ただそれ以前の問題として、何進は十常侍は殺しても宦官を皆殺しにする気はないからな？　俺としても中途半端に名家が幅を利かせて家柄で全てを判断されるよりは、結果と実力で昇進できる今のままの方が都合が良い。

こう考えているのは俺だけではないぞ？　袁家や荀家のような格が高い家の関係者連中以外の者たちは、名家だろうが何だろうが活用する何進の方が良いと思っているというのに……この袁家至上主義の袁紹はどこまで現実を理解できている？

「実績ぃ？　あの若造に実績などない！　あやつの立てた策など官軍の精強さに頼っただけの策とも言えんような常識的なモノではないか！　黄巾の乱のときは『潁川《えいせん》方面に皇甫嵩と朱儁を回せ。

鉅鹿《きょろく》には盧植を出せ』というだけで、実際に活躍したのはお前のように現地で命をかけた将兵だろう！　それに涼州の乱の際は董卓や孫堅が率いる兵士に助けられただけではないか！」

精強？　官軍が？　何を言っているんだこいつ？　いや、まさかこいつ。李儒の怖さを理解していないのか？

「相手が嫌いなのは構わんが大局を見失うなよ？　大軍に用兵なし。無駄のない作戦行動を無駄なく行わせることが大将軍の仕事なのだ。で、あればこそ現地での戦に口を出さないのはむしろ評価するべきところであって貶《けな》すところではない。もっと言えば黄巾の乱において最も評価すべき点は俺たちが穎川や南陽で賊を打ち破ったことではない。馬元義《ばげんぎ》が洛陽で乱を起こそうとしたのを未然に防いだことだぞ」

洛陽が磐石だからこそ、官軍は万全の支援を受けることができたのだ。その上で後方の連中に足を引っ張られる心配がないというだけで、どれだけ現場の将兵が救われたことか。……まぁ盧植についてはアレだったが。

しかも馬元義の動きには張譲も関わっていたということが判明しているからな。当時の状況で十常侍が乱に加担し、官軍の足を引っ張っていたらどうなっていたかもわからんか？　後の涼州の乱で皇甫嵩や張温がどれだけ洛陽に足を引っ張られたかを見れば、一目瞭然だろうに。

「曹操！　お前はヤツの肩を持つって言うのか!?」

いやいやいや。

「肩を持つも何も、敵だろうと味方だろうと正しく評価しなければ勝てる戦いも勝てんぞ」

「むむむ……」

何が「むむむ」だ。孫子にも『彼を知り己を知れば百戦殆からず。彼を知らずして己を知れば、一勝一負す。彼を知らず己を知らざれば、戦う毎に必ず殆し』とあるだろうが。己が見えていないのだから、せめて敵は見ておけよ。

「ついでに言えば、どんな不満があろうと、今の我々にできることは大将軍府からの命令に従うことだ。現状俺たちの立場でそれに対して『否』なんて抜かしたなら、問答無用で叩き出されるぞ」

意見を言うのは良いが、職務怠慢は許さんのが連中だからな。俺としては実に働きやすいと思っているのだが、向こうが俺を警戒しているのか中々仕事が回ってこないんだよなぁ。

やはり最初に自分が使えることを主張するために「宦官閥の纏め役になれる」とか主張したのが拙かったか？

「ふん！　この中軍校尉虎賁中郎将たる俺を叩き出すだと？　やれるものならやってみろ！」

「……はぁ」

先帝が崩御した時点で、いや、総司令を兼ねる上軍校尉が宦官の蹇碩だったという時点で西園八校尉に名声以外の価値などなかっただろうに。さらに八人いた校尉も半数である四人が汚職で処罰され、蹇碩も宦官にすら見捨てられて処刑されただろうが。そんな集団に何の価値があるというのだ。

実際今は官軍の別働隊扱いで司隷校尉の配下に組み込まれているし。

いやまぁ淳于瓊は普通に賊の討伐などに使われているが、あれだって李儒が禁軍を腐らせないようにするために使っているに過ぎん。

それに俺たちも虎賁中郎将だの議郎といったところで、光禄勲の属官に過ぎんだろうが。つまるところ、現状ではどこまで行っても李儒の部下なんだぞ。

……うーむ。今までは袁家が勝ち馬だと思っていたんだが、こいつや袁術が次代だろ？　付き合いを考えんといかんかもしれんなぁ。

そう思っていた時が俺にもありました。

「……ここだけの話だがな？」

「……何かな？」

――いきなり顔を近づけ、声を落として来る袁紹に曹操は嫌な予感を覚える。そしてその予感は正しかった。

「実は宦官どもを皆殺しにして、その罪を何進に押し付ける策を実行中なんだ」

「おいおいおい」

俺が利用する予定なんだから皆殺しにするなよ。というかそれを俺に伝えてどうする気だ？

「これが成功すれば宦官は一掃され成り上がり者も失脚する！　そうなれば叔父上も俺を認めるだろう！　どうだ？　最高だろ？　アハハハハハッ！」

でかい声出すんじゃねぇよ！

「ふふふ、董卓ら地方軍閥の連中が洛陽に来た時が宦官や肉屋の倅の最後だ！　曹操よ、お前も良く良く考えることだな！」

こいつ。勝手に地方の軍閥を召集したのか？　しかし董卓だと？

「董卓と言えば、黄巾の乱で盧植の後釜となって鉅鹿方面の賊に当たったたが負けた将だぞ？　そんなのが使えるのか？」

その後の涼州では功績を挙げたが、その前にも皇甫嵩の足を引っ張ったことは有名だし、手柄を立てた時は向こうには張温や李儒がいたはずだ。董卓個人の将としての質はどうなんだ？

「ふっ心配するな。賊ごときに負ける弱兵であっても、宦官ごときなら殺せるだろう？」

「それはそうだが……」

普通に禁軍の一部隊を買収したほうが早くないか？

「それに董卓は叔父上によって推挙されて、叔父上に命を救われた身よ。その恩を返すというのは当然だが、奴個人も黄巾の乱の際の失態を挽回《ばんかい》するために死に物狂いで働くだろうさ」

「……なるほど」

董卓が袁家に恩を感じていると信じて止まないか。袁家至上主義のこいつらしい考えではある。

「そして、奴が宦官を殺したらそのまま何進とぶつかってもらう！　そのあとで禁軍を押さえた俺が董卓を討ち取れば、残るは成り上がりも宦官もいない洛陽だ！　俺の手で清く正しい名家による漢の再興を成し遂げることができるんだ！」

あぁ。そのためには弱兵を率いる董卓の方が都合が良いと？　いやはや危険すぎる考えだし、何より声がでかい。

「……」

——テンションが上がってきたのか大声で叫び出す袁紹に対して、自分たちが監視を受けているであろうことを自覚している曹操は、無言で杯を舐《な》めるだけに留めていた。


〰〰〰〰〰〰〰〰〰〰〰〰〰〰〰〰〰〰〰〰〰〰〰〰〰〰〰〰〰

「閣下、曹操が火急の用があるとのことです」

「あぁん？」

どんな遠大な計画だろうと露見してしまえば意味はない。この日、袁紹との酒宴が終わってから直ぐに大将軍府に駆け込んだ典軍校尉がいたそうな。

一五　洛陽の泥の中で

一

「曹操が火急の用？　こんな時間に？　……もしかしてまた宦官どもが俺の暗殺を企てたか？　いや、ねぇな」

荀攸から一日の報告を受けていた何進は、予定外の訪問を受けてその『火急の用』とやらの内容を考察するも、どうにも現実味が薄いと判断せざるを得なかった。

「ですな。先ほど上がってきた報告ですと、曹操は袁紹と酒を飲んでいたはず。よって今回の訪問は宦官ではなく袁家絡みで問題が発生したのではないかと思われます」

荀攸もまた何進と同じように曹操の用件を予想するのだが、監視からの詳細な報告がない以上どうしても予想の域を出ることはない。

交渉の際に事前知識があるかないかでは、その成果が大きく異なるということもまた言うまでもない常識である。

ましてこの洛陽は権力欲に囚われた化生が跋扈《ばっこ》する伏魔殿である。畢竟、情報弱者が権力を握れるほど温《ぬる》い場所ではない。

さらに言えば、それほど権力を有していないとはいえ西園軍という大将軍府とは異なった枠組みに所属する曹操や袁紹は、大将軍府の人間にとって要注意人物に該当する。よって何進が彼らの周囲に自身の手の者を放ち、その言動を監視させているのも当然のことであった。

とはいえ、発達した通信機器があるわけでもないこの時代。リアルタイムで情報を取得することは物理的に不可能であることや、一から百まで報告を受けていては、如何に何進や荀攸が優秀であってもすぐに許容量を超えてしまうことなどから、監視による報告には多少のタイムラグが生じてしまう。

具体的に言えば、監視からの報告の場合だと、最初に曹家に配備された監視員が袁紹と曹操の会話を直属の上司に報告。次いでその上司が更に上司に報告。その後に李儒や荀攸まで報告が上がるという形となっていた。

こういった構造的な問題もあって、今の荀攸は曹操が持って来たであろう情報の内容を摑めていなかった。それはつまり交渉という戦場に於いて相手に一手譲ってしまうことを意味している。

(誰が悪いというわけではない。敢えて言うのならば我々が構築した報告流れの中にある僅かな猶予時間内に間に合った曹操の強運。……否、運ではない。即座に行動に移った曹操の果断な行動が生んだ必然、か)

もしこれが本当の戦場であれば。もし曹操の狙いが何進を貶《おとし》めることであったならば。この一手が勝敗の帰趨《きすう》を分けることにもなるのだ。考えすぎと言われようとも、荀攸の立場としては反省をしないわけにはいかない。とは言えそれは荀攸の立場の話である。

「ほぉ。今度は袁家か。蹇碩や董重だけじゃなく袁家までもが、黙っていたら勝手に墓穴を掘ってくれるんだからなぁ。埋葬に手間暇が掛からんのは良いことだ。まったく連中も随分と親切になったもんだぜ」

元々十全の準備など不可能だと理解している上に、曹操の動きが『自分を害するものではない』と確信している何進は、曹操が訪問してきた意図に思いを巡らせるだけの余裕があった。

実際最近の政敵の動きを見れば、どれもこれもが向こうが勝手に自爆しているようにしか見えないのだから何進の反応も当然と言える。

だが荀攸から見れば「それは違う」と声を大にして言いたいところであった。

「閣下。連中は愚行を犯している訳ではありません。連中が最善手を選ぶことを予想し、そこに罠《わな》を仕掛けている李儒殿が異常なのです」

そう。荀攸から見ても、蹇碩ら宦官達は何一つ間違ったことはしていない。現時点で彼らが何進の権力拡大を止めるためには、何進本人を暗殺するか、何進の権力を保証している存在である劉弁を暗殺するかの二択しかなかったのだ。

しかし劉弁は蹇碩と敵対する宦官の趙忠らに守られてしまっていて手が出せない。だからこそ蹇碩は先帝の喪が明ける前に何進を除こうとしたのだ。

そして宦官である自分には実行力としての武力がないことを自覚していた蹇碩は、何進の影響力の増加を恐れていた劉協派の外戚である董重と手を組むことを選んだ。

蹇碩に選ばれた董重にしてみても、敵の敵は味方といったところだろうか。今まで敵対していた宦官の力と劉協派の人間の力が合わされば、袁隗と手を組む何進にも対抗できると考えたのだろう。双方共に得がある。いや、むしろそれしか彼らに生きる道はないとすら思っていたに違いない。

……それこそが李儒の仕掛けた罠だったとも知らずに。

「あぁ。董重の場合は向こうが蹇碩と手を組んでくれたお陰で、外戚が十常侍と手を結んだってことになったな」

「その通りです。しかしあれとて蹇碩と董重が何か失策を犯したわけではありません。状況によっては閣下が追い詰められていた可能性もありました」

「ま、そうかもしれんな」

宦官も外戚も、決して侮って良い相手ではない。それに自分も李儒を手に入れたことでこの権勢を得たのだと考えれば、向こうにも優秀な人材がいないとは限らない。

手を誤れば死んでいたのは何進だったというのは誇張でも何でもない事実である。

ただまぁ手を誤るも何も、向こうが一歩足を踏み出したところで李儒が仕掛けた罠に嵌まった形なので、どうにも危機感が湧かないのも理解できるのだが。

そもそもの話、董重ら劉協派の外戚はただ生き残るだけなら何とかなったのだ。と言うのも、元々劉協自身に兄である劉弁と帝位を巡って争う気などなく、兄を支えることに異議などなかったからだ。

この事実がある以上、劉弁の即位に関しては外戚である何進が強行したというだけでなく、継承権のある弟も支持しているということになるので、劉弁の立場はさらに安定する。ならば何進には劉協を殺す理由がないのだ。

で、ある以上、外戚連中が過剰な栄達さえ求めなければ彼らが死ぬことはなかったのである。しかし、人間には欲がある。

劉協が帝となることでそのおこぼれに預かることができる人間や、今まで何進を軽んじて来たために劉弁に即位されても何も得られない者たちは、どうにかして劉協を帝位に就けたいと願ってしまった。

そこで董重一派は自分たちと同じく、劉協を奉じる勢力である蹇碩と手を組むことが最善と判断し、その決意をしてしまったのだ。

……董重らにとっての最大の誤算は、十常侍が先帝以外の全ての者に嫌われていた、否、憎悪されていたことを知らなかったことだ。

いや、そのくらいは知っていたのかもしれない。

しかし、その度合いを見誤ってしまったのは確実である。

その結果は語るまでもない。

世間の憎悪の対象である十常侍の蹇碩と手を組んでしまったことで、董重の周囲にいた劉協派の人間は彼から距離を置き、彼の行動を何進派の人間に逐一報告するようになってしまったのだ。

そんな中で彼らが何進暗殺計画等を企てたらどうなるだろうか？

結局暗殺計画は計画の段階で何進に露呈してしまった。そして彼らが準備に動く前に蹇碩と董重は捕らえられ、彼ら《主に蹇碩》の余罪を追及した何進によって両者ともに処刑まで持っていくことに成功したのは記憶に新しい。

大前提として蹇碩という人物は叩けば埃《ほこり》が出るどころか放置しているだけでもどす黒いナニかが滲み出て来る存在であり、宦官・名家・軍部・そして平民と、それら全ての勢力から死を望まれていた人物でもある。

そんな彼が罪に問われ捕縛されたなら助かる未来などない。その協力者となればどのような扱いになるかなど言うまでもないことだ。

そうして、董重は李儒によって用意された「蹇碩が犯した罪一覧」の中からいくつかの罪に関与したという濡《ぬ》れ衣《ぎぬ》を着せられ、蹇碩の朋友《ほうゆう》として連座・処刑させられてしまった。

普通なら外戚である董重に対しては減刑を求める声が上がりそうなものであるが、誰一人として彼を庇《かば》うものはいなかったことが、世の人間が蹇碩とその関係者の存在をどれだけ消し去りたかったのかがわかるというものだ。

そんな世間に嫌われまくっていた蹇碩の事情はさておくとして。これらの一連の動きにより何進は本来なら最も除くのが大変と思われていた外戚の董重とその一族を滅ぼすことができたし、それにより何進の権力が磐石なモノとなったことで劉弁の即位は確定的となったのだ。

——この一連の流れの中で、彼らの周囲に色んなことを吹き込み、蹇碩と董重が手を組むという流れを作り上げたのが李儒であったということは、董重も蹇碩も最期まで理解していなかっただろう。

さらに蹇碩の罪の中で「外戚が関与する余地のあるものに董重が関わっている」という可能性を指摘し、周囲の人間に『董重が蹇碩の共犯者である』という認識を植え付けたのも李儒である。

結局何も知らない周囲の人間は「董重らはあの状況では最善と思える手を打った、しかし何進がそれを上回った」と考えているのかもしれない。

しかし実際は、彼らが最善と思って取った選択肢すら李儒の掌の上であっただけの話だ。

（たとえ自分が蹇碩や董重の立場であっても、あの状況ではそうしたかもしれない、否、そうするしかなかった。その結果は……）

李儒が用意した謀の深さを知ることができる知恵をもつからこそ、荀攸は李儒という男を心底恐ろしい男だと思っていた。

ちなみに李儒の裏切りを最も警戒するべき立場である上司の何進は、彼の夢が『悠々自適の隠居生活』であることや、自分が上に立つ気がない（というか今から隠居を考えている）ということを知っているので、彼を警戒してはいないのだが、荀攸や他の同僚達は違う。

いや、まぁ同僚達も『李儒が何進を裏切る』ことなどは警戒してはいない。彼らが恐れているのは、いつ自分が「怠惰」の烙印《らくいん》を押されて処分されてしまうのかという不安であった。

何せ李儒という男は『失敗や陰口は許しても怠惰は許さない男』であると同時に『怠け者のせいで自分の仕事が増やされることを何よりも嫌う』という性質の持ち主でもある。

そのため、大将軍府に所属する彼の部下や同僚は付け届け（賄賂）の値上げのために相手を焦らすなどといった行為は行っていないし、他の部署の人間も、どこに李儒が絡んでいるのかもわからないので、現在の洛陽内の書類仕事は「霊帝が崩御する前の数倍の速度で処理されている」と専らの噂となっていた。

そんなこんなで上司からは無欲な阿呆扱いされ、味方からは恐れられる李儒《外道策士》は何をしているかというと……普通に家に帰って寝ていたりする。

なんでも、最近は己の仕事を終わらせた後はさっさと帰宅して、一分一秒でも長く眠るようにしているらしい。

さらに言えば、最近では何進の下にさえ何か異常があるときか何進から呼ばれない限りは近寄らないという、世間一般の人間が考える『すり寄る』とは正反対の行動を取っているのが確認されている。

もちろん「何進が李儒を遠ざけた」とか「李儒が何進を嫌っている」などというわけではない。

むしろ仲が良すぎて、普通に世間話をしている最中にもポンポンと仕事を押し付けられるのを避けているのだ。何進に取り入りたい曹操などからしたら羨ましい限りなのだが、李儒にとっては違うらしい。

　こういった普通の人間とは違う行動を取るのが彼の最大の特徴とも言えるだろう。

　そんなこんなで、今や押しも押されもせぬ大将軍である何進に対して、ある意味で不敬な態度を取る李儒なのだが、なんだかんだ言っても呼べば来るし押し付けている仕事もきちんとこなしているので、何進としても苦笑いするしかない状況である。

　この場にいない李儒についてはともかくとして、今必要なのは曹操の来訪に関しての考察だ。こちらを優先するべく、二人は認識の擦り合わせを行うことにした。

「まぁ死んだヤツのことは良いさ。あんな風にならんように脇を固めるようにって心掛けるだけだ。で、今の問題は曹操に関してだが……確かあの野郎《李儒》が言うには『現段階で袁紹が動くとしたら、袁家の名を使って地方の連中を勝手に呼び込むこと』だったか？」

「えぇそうですな。今の彼にはそれしか打てる手がございません」

　前に袁紹が勝手に何進や李儒の名を使って禁軍を動かそうとしたときにしっかりと釘を刺したので、流石の袁紹も同じことはしないだろう（袁隗にも叱られたらしいので尚更）と考えた結果が「袁家の名前を使うこと」であった。

　と言うよりも、碌な実績もないくせに気位だけは高いのが袁紹という男である。そんな彼には、現在使えるのが家の名前しかないというのが実情だ。

その上で同年代にして現当主の嫡子である袁術が着実に成長しているので、このままでは袁家の中でさえ袁紹は孤立してしまう恐れがある。（今でもその気配があるし、袁術はその気満々だ）それらの事情から、何進や李儒の下で大人しくしているという選択肢を選べない彼は『何とかして現状を打破する必要がある』という焦りに似た感情を抱いていると予想されていた。そして今回、彼が現状の打破のために使ったのが袁家の名だ。袁隗や袁逢が知れば「袁家を滅ぼすつもりか！」とブチ切れること間違いない愚行ではあるが、お坊ちゃんには危機感がないため「結果さえ出せれば良い！」と考えて暴走した可能性は高い。

「袁紹が予想通り暴走するのは構わん。しかしなんでまた曹操が報告に来るんだ？」

普通は監視役か、袁紹の周りの人間が彼を裏切る形で報告に来るものだ。宦官閥の曹操は、その報告の後で呼び出しを食らい、詰問を受けてから情報を白状するものではないのか？

曹操と袁紹の仲を良く理解できていない何進は、彼らが対自分という同盟関係に近い仲にあると推察していたために、どうしても曹操の動きに違和感を覚えていた。

しかし荀攸は違う。

「深く考える必要はないでしょう。どうせ袁紹が曹操に『ここだけの話だ』とでも言って計画を暴露してしまい、巻き添えを恐れた曹操がいち早く報告に来たのではないでしょうか」

「ん、あぁ。それは……あるかもな」

袁紹の行動を曹操が報告して来るとは何進も荀攸も思ってもいなかったが、まぁあのお坊ちゃんのことだから誰かに自慢したくてしょうがなかったのだろうとあたりを付ける。

良くも悪くも王道しか知らない袁紹の思考を読むことなど、洛陽の澱《よど》みの中で生きてきた何進や、日々何かを企んでいる同僚《李儒》を警戒している荀攸からすれば大地に矢を当てるが如く容易《たやす》いことであった。

「んじゃ、それをどうするかだな。最近羌族が大人しくなっているから涼州から董卓を呼ぶ分には良いだろう。烏桓に関しても劉虞と公孫瓚が何やら手を打っているようだが、こっちに手を出す余裕は無《ね》え。鮮卑《せんぴ》は跡目争いの真っ最中だな」

「匈奴《きょうど》も今のところ大人しいですね。なので并州《へいしゅう》の丁原《ていげん》は招いても良さそうです」

袁紹の企みは理解した。ならば後はその企みをどう扱うかが問題になる。潰すのか、利用するのか。その計画はどこまで進んでいて、誰が関わっているのか？

「いや、その前に曹操の話を聞きましょうか。もしかしたら別の用かもしれませんぞ」

今まで集めてきた情報と照らし合わせて……という段階で、荀攸は自らが先走っていたことを自覚する。

「お？　おぉ、そうだな。すっかり袁紹関連だと決めつけちまったが、別の可能性もある、か」

企みを潰すのか利用するのかの話をする前に、そもそもの情報の確認を怠っていたことを自覚し何進も荀攸同様に反省する。もしもこの場に李儒がいたら「何をしているんだこいつらは？」と容赦ない視線とツッコミをもらっていただろう。

「そんじゃさっさと曹操から話を聞くか。あぁ、その前に野郎《李儒》を呼ぶか?」

「……今はまだ良いのでは? あまりにも下らない内容の場合、曹操の命が保証できません」

「……その心配もあったな」

言外に「起こしに行くか?」と問われた荀攸はやんわりと、だが明確に「断る」と告げる。

荀攸としても、別に何進からの信頼が厚い李儒に嫉妬しているわけでもないし、彼の寝起きの機嫌が悪いとか、起こしに行ったことで恨まれるかもしれないということを懸念しているわけではない。

ただ最近、半分悪乗りのような感じで仕事を回しすぎているので、休めるときに休ませないとヤバいんじゃないか? と純粋に李儒の体調を心配しているだけである。

「ま、話を聞くだけなら、野郎がいなくても問題ねぇわな」

「はっ。対応は明日協議する形でも問題ないかと」

とりあえず二人の方針は『今は曹操の報告を受けるだけに留《とど》め、対応は明日に回す』という方向で一致した。李儒からすれば「対応もそっちで決めてえぇんやで?」といったところかもしれないが、彼らには李儒をのけものにするつもりはないようだった。

大将軍府には獣のような連中はいるが、のけものはいないのだ。この時代には珍しく、実にアットホームな職場であると言えよう。

ただし、それを本人が望むかどうかはまた別の話である。

「このような夜分に恐れ入ります！」

「構わねぇさ。で、火急の用ってのは？」

「はっ実は先程まで袁紹と酒を酌み交わしていたのですが、その際…………」

「……ほう。袁家の名前でなぁ」

「はっ！」

こうして中軍校尉・虎賁中郎将袁紹の起死回生の大戦略は何進が知るところとなった。この、名家のお坊ちゃんが企てた己を顧みない行いに対して上司である光禄勲の管理責任が問われるかどうかは、神のみぞ知ることである。

二

李儒視点

ほうほう。昨日の夜に袁紹と曹操がサシで飲んで、袁紹が袁家の名を使い董卓らを呼び出したことを声高らかに宣言した、か。でもって曹操は急いでその内容を大将軍府に密告しに来たって？

うむ。流石は曹操だな。判断が早くて的確だ。

「ま、曹操からの報告はこんなところだ。密偵からの報告も受けたが、特段内容に齟齬《そご》はねぇ。つまり曹操はこの問題に関しては無関係ってことにするしかねぇわな」

何進にしたらそう判断するしかないか。

「そうですな。李儒殿が曹操に対して良い感情を持っていないのは理解できますが、今回の件で彼を連座させるのは無理筋でしょう」

「いやいや、別に私も『何が何でも曹操を殺したい！』などとは思っていませんよ？」

なんか俺が曹操を殺したがっているように聞こえるんだが……荀攸よ。君は俺をなんだと思っているのかね。

「「え？」」

――李儒の言葉を受けて「何を言っているんだこいつは？」という顔をする何進と荀攸。彼らからすれば李儒という男は「警戒するなら殺したほうが楽だよね」を地で行く人間なので、曹操を殺そうとしないことに違和感を覚えるのも当然だろう。

だが流石にそれは彼らの勘違いである。李儒とて警戒して観察に留めている者は結構いるのだ。劉備とか劉虞とか劉焉とか劉表とか劉岱とか劉繇《りゅうよう》とか……劉氏ばかりだが、それもこれも漢帝国が劉氏を中心としているのでその判断も仕方がないと言えば仕方がないことではあると言えるかもしれない。

しかし李儒としても荀攸《同僚》はともかく、何進《上司》にまでシリアルキラー扱いされては、普段から無駄に警戒されてしまうし、結果として自身の夢である悠々自適の隠居生活が送れなくなってしまうということくらいは理解していた。加えてこの誤解は解いておかないと、今後曹操の意見に対して反対意見を言っても『曹操が嫌いだから』というバイアスをかけられてしまう可能性があるので、さっさと誤解は解いておきたいと思っていた。

よって李儒は、何進も荀攸も問答無用で納得させることができるであろう一言で以て誤解を解くことにした。

「お二人が何を勘違いしているのかは知りませんが、そもそも議郎であり西園八校尉であるとはいえ皇帝陛下の庇護のない曹操一人を殺すだけなら、今の私の権限でいくらでもできます。袁紹に連座させる必要などありませんよ」

「「……あぁ、確かに」」

聞きようによっては『曹操を殺すだけなら職権乱用してさっさと殺します！』という宣言なのだが、何進も荀攸も非難するどころか納得するというところに漢帝国の闇の深さが垣間見える。

そんな漢帝国の闇についてはさておくとして。俺としては彼らが納得したならそれで良いのだ。と言うかわざわざ口に出さんでも、少し考えればわかるだろうに。光禄勲の属官ってだけでもアレなのに、今では西園軍自体、俺が管理する禁軍に編成されたんだぞ？　それはつまり、連中の命は冗談でもなんでもなく俺の手の内にあるということだ。

特に現在の洛陽では『西園八校尉は霊帝が蹇碩のために作った組織』ってことになっているから

な。それに所属していたってだけで殺す理由には事欠かんし、蹇碩の罪は表に出していないだけでまだまだある。

今の段階でも宦官絡みの案件で曹操を、名家絡みの案件で袁紹だって殺せるんだぞ。ならば彼らを殺すために罪をでっち上げる必要などない。

淳于瓊だけを禁軍として使っているのも、彼だけは無関係だと周囲に知らしめるためでもあるというのに、こいつらと来たらまったくもう。

「で、誤解が解けたところで話を戻しましょうか」

――そんなこんなで彼らの誤解を解くことに成功した李儒だが、もともとの議題は曹操の生死についてではなく、彼が持ってきた情報についてだ。

「あっと、何の話だったか……あぁ。袁紹の狙いだな」

「ですな。袁紹の狙いは、まず董卓らを呼び出し彼らに宦官を一人残らず殺させます。そして宦官を殺したことに対して閣下が異論を唱えたら、閣下と彼らを戦わせて漁夫の利を得るというのが基本骨子となります」

なんというか、最初から躓《つまず》くことがわかりきった策だよなぁ。前提として『袁家の後ろ盾があれば董卓たちも宦官を敵に回すだろう！』という願望があるのが、この策をチープなモノにしているように見えるのがまた何とも言えん。

「ふむ。俺としては、袁紹に呼び出された董卓や丁原を利用して宮中の掃除をしたいって気持ちはある。でもってその罪を袁紹に擦《なす》り付けて袁家を断罪できれば最高だな」

ん？　まぁ確かに呼び出したのが暴走したなら袁家の責任を問えるかもしれんが、それってどうなんだ？

「私としては董卓も丁原も呼ぶ必要があるとは思えませんが……そもそもの話ですが宦官を殺すだけなら普通に連中の罪を鳴らして、捕らえて殺せば良いだけではありませんか？」

禁軍は俺の管理下なんだから、いくらでも殺れると言われればいつでも殺るぞ？　そもそも張譲なんか蹇碩以上に真っ黒なんだし、殺れるだろうに。董卓や丁原を呼ぶといっても、この様子だと個人ではなく軍勢だろ？　金と兵糧と時間の無駄じゃないか。史実だと袁紹が暴走したみたいだが、今の何進がそれをする必要性はないだろう？

「それもそうなんだがなぁ」

ふむ。何進にしては妙に弱気だな。何か問題でもあるのか？　俺が仕える前になにか弱みを握られたとか？　いや、それでも黄巾に加担したり偽勅を捏造するほどではないはずだ。

そもそも劉弁を抱え込めば連中を庇う者はいなくなるだろ？　袁家も宦官を殺すためなら何進の味方をするのは確実だし。何だかんだいっても名家の連中っていうのは『家』を重んずるが故に、今現在の権勢だけでなく一〇年後二〇年後の権勢を視野に入れることができる連中だ。

連中の考え方としては恐らく『もう政治と謀略において隙がない何進については諦める。ただし何進が死んだあとで、残った派閥を切り崩して勢力の拡大を狙えば良い』と考えているのだろう。

そんでもって何進は家より個人の栄達を楽しんでいる節があるから、今のところは利害が一致しているとは言えなくもないんだよなぁ。

だから現状で名家が本気で何進と敵対する可能性は……何進が生まれたばかりの孫の何晏《かあん》に権力の継承をしたいって望んだときくらいか。

ま、この辺は秀吉《ひでよし》と秀頼《ひでより》みたいな感じだな。公家たちも秀吉一代ならまだしも、子々孫々まで豊臣家が摂家に居座られることは望んでいなかったというし。

それに対して宦官は己の血を残せないから、どうしても自身の栄達を優先しがちなんだよな。だからこそ今を楽しむ何進や、家を残すことで権力を保てる名家連中を執拗《しつよう》に敵視する。

その点で言えば血の繋がりがないのに曹操を溺愛したと言われている曹騰は異常とも言えるが、今はその話は良い。

「では李儒殿は董卓や丁原の招集は見合わせて、我々の手で張譲らを排除すべき。そうお考えですか?」

「そうなります。わざわざ地方から兵を集め威嚇して向こうに警戒させるくらいなら、安全だと思い込んでいる宮中にて寝首を掻く方が簡単で、手間も掛かりませんから」

追い詰めれば鼠《ねずみ》だって猫に嚙み付くんだ。わざわざ外から天敵を連れてきて争わせるくらいなら、巣の中で油断して眠っているところに蛇《兵士》を投下して丸呑みさせた方が良いだろうさ。ハブとマングース?　残念ながら食器より重いモノを持ったことがないような宦官にマングースのような物理的な牙はない。上軍校尉？　模造刀の素振りができたくらいじゃないか？

普通の宦官は完全武装した兵士には絶対に勝てない。

だからその点においては心配していない。

俺が懸念しているのは、史実にあるように連中が兵士を脅迫だの買収だのすることだ。

そいつらが何進《猫》を殺す窮鼠《きゅうそ》の牙になる可能性が高いと考えれば、下手に追い詰めるのは危険だって話にしたいんだよなぁ。

「お前ぇの言いたいこともわかる。だが俺としては、どうせ董卓や丁原は洛陽に呼ぶ必要があるんだから、連中に仕事を任せたいと思っている」

「呼ぶ必要がある……ですか？」

「おうよ」

呼んだ方が良いとか、袁紹の策に便乗するとかではなく、さらに宦官の殺害以外に連中を洛陽に呼ぶ理由がある？　俺には特に思いつく理由はないんだが、何かあったっけ？

「いや、何だその顔は？　劉弁殿下の即位式に并州刺史や現役の将軍を呼ばねぇわけにはいかねぇだろうが。なんで光禄勲のお前がそれを忘れているんだよ」

「……あぁ、なるほど」

そういや葬儀とか即位の儀とか色々あったな。そりゃその辺の県令だとかその辺の中郎将ならまだしも、正式な将軍である董卓や刺史である丁原は呼ばないわけにはいかんよな。

ん？　それを言ったら郡太守である孫堅も呼ぶ必要があるのか？

いきなり郡太守を任されてクソ忙しい中、わざわざ長沙から洛陽に呼び出しを受けるって完全に罰ゲームだよな。

……よし、早速手配しよう。

江東《こうとう》の虎にしてみれば完全に貰い事故であるが、実際問題即位式に参加しないというわけにもいかないのは事実だし、彼自身も上洛の必要性を感じているので、大将軍府からの招集令を受けたら、苦虫を嚙み潰したような顔をしながらも上洛することになるだろう。

自由気ままな地方軍閥の頭から、日々の書類仕事に追われる太守という立場になり、胃痛や頭痛と戦うことになった孫堅の面を拝んでプギャーしてやろうじゃないか。

それはそれとして、アレだな。いくら劉弁に価値を見出していないとは言え、こんな常識的なことを忘れるとは、完全に失敗した。

「まったくよぉ。お前ぇは変な所で抜けているんだよなぁ」

「ははは。申し訳ございません」

うむ。それに関しては何とも言えん。いやはやこのことを理解していたら、もっと万全な態勢を築いていたというのに。

——己の迂闊《うかつ》さを悔いる李儒だが、時計の針は戻らない。せめてこれから発生する可能性があることに対して全力で備えるべきだと考え、思考を切り替えることにする。

「まぁいいさ。そんで、どうせ連中を招集するなら仕事をさせるってのが俺の考えだ。とりあえず曹操には十常侍と敵対する宦官連中に対して、董卓や丁原が来る少し前に避難するように伝えるよう指示は出してある」

「なるほど」

どうせ呼び出すなら働かせるというのは俺も賛成だ。その仕事も宦官の抹殺だっていうなら董卓も丁原も喜んで協力するだろう。

連中にストレス発散させつつ共犯にすることで、両者を完全に己の派閥に取り込むという判断は見事。流石政略と謀略の化物だ。

「後の懸念は禁軍ですな。李儒殿のおかげで彼らは精鋭とまではいきませんが、それなりの兵となりました。彼らと董卓らがぶつかった場合の損害を考えると、何かしらの対処は必要でしょう」

「それはそうですな」

まさか何進も本気で禁軍と連中を戦わせる気じゃないだろうからな。それじゃ袁紹が望む共倒れ一直線だし。まぁ少しは抵抗する素振りもあった方が良いかもしれんが『やりすぎて宮城を破壊しました』なんてなったら洒落にならん。

……もしかして、その辺の加減も俺の仕事になるのか？

「元西園軍の連中なら適当な場所に賊退治にでも行かせりゃ良いだろ。元々そのための軍だしよ。宮中には最低限の数だけ残してりゃいいさ」

「あぁ、たしかに宮中の守護を任とする禁軍が、董卓らと一緒になって宦官を殺すわけにもいきませんからね」

「そうです。たとえ相手が腐りきった宦官であろうとその誅殺に彼らを使うわけにはいきませんし、袁紹の狼藉《ろうぜき》も許すわけにもいきません。よって彼らは隔離します」

うむ。禁軍は宮中を守る軍勢だからな。それが政治的な思想に染まってしまえば近衛としての価値がなくなってしまうという訳か。これが名家としての荀攸の判断か。

……なるほどなぁ。これに関しては俺が難しく考えすぎた。確かに邪魔ならいなくなれば良いだけだ。

西園軍の実働隊である一万の軍勢がいなくなれば、残るのは千かそこらの近衛兵のみ。これなら『如何に精強な禁軍でも多勢に無勢です』って感じに持っていけるかもしれん。

いやはや、宦官と戦うために兵を集めるならまだしも、兵を外に出すという発想はなかった。まさしく「逆に考えるんだ」ってヤツだな。

そして西園軍がいなければ袁紹が動かせる兵もいないし、大将軍府の兵は何進の命令に逆らうことはないので暴走もないわな。考えれば考えるほど無駄がない。この方針は荀攸と何進で考えたのだろうが、即興にしては特に問題があるようには思えん。いや、即興ではないな。俺が『袁紹が勝手に動く』と予想した時点で、荀攸あたりが対策を練っていたのだろう。後漢という時代に於ける名家や軍部の常識を考えても問題はないと思われる。

残る問題は……これがアウトかセーフか。どっちかわからんということだ。

何も知らなければ俺もこの判断に異議を唱えることはなかっただろう。しかし中途半端に歴史の知識があるせいで、どうしても即断できないんだよなぁ。

「でもってお前には董卓の出迎えに行ってもらおうと思っている」

そうして俺が内心で迷いを抱えていることを知ってか知らずか、何進は俺に対して洛陽を離れるような命令を下してきやがった。

「は？」

正気か？　ここで俺が洛陽を離れるだと？

「なんだその顔は？　普通に考えりゃ大将軍府の中で董卓と一番親しいのはお前だし、宦官を殺すための打ち合わせにその辺の文官を使うわけにもいかねぇだろうが」

……そういうことか。何進には今が緊急時という認識がないんだ。少し考えればわかることだった。現状名家も袁紹以外は何進の台頭を認めているし、宦官は風前の灯火で、軍部は管理下にあるからな。

つまり普通に考えれば、今の何進が絶体絶命の瀬戸際にいると思う人間はいないということだ。それは何進本人もそうだし、荀攸もそうだろう。

「それにお前はしばらく弘農に戻ってねぇだろ。これから今まで以上に忙しくなるんだから、休みがてら向こうで羽を伸ばしてこいや」

「……」

「そんな疑わしそうな顔をせずとも大丈夫ですぞ。特に裏はございません」

――何進にしてみればこれは最近働かせ過ぎの李儒に対するささやかな報酬のような気持ちなのだろう。荀攸にしてみても今までが多忙すぎたし、これから忙しくなるのも事実であるので、その際に彼がぶっ倒れないように今のうちに休ませようという配慮でもあった。

つまるところこれは、普段如何にして李儒を働かせるかを考えているずんぐりむっくりなおっさんの上司と、インテリな同僚が純粋に李儒を気遣ったという、非常に珍しい事案である。李儒とてこれが今ではなく、去年とかなら「喜んで！」と言ってさっさと弘農に行って、大して美味くもない茶を飲みながら董卓が到着するまでの間、まったりと悠々自適な生活をしていただろう。

（ただ、今はどうなんだ？）

まず自分がいなくとも今の大将軍府には荀攸がいるし、他の連中も決して阿呆ではないのはわかっている。彼らが十常侍どもの最後の抵抗を読みきれないということもないだろうし、ここで何進が隙を晒すとしたらそれは間違いなく誘いだと思って良い。

さらに言えば蹇碩や董重を殺した後は、毎日のように「暗殺に注意するように」と注意喚起をしているので暗殺に関して油断することはないだろう。

加えて董卓と打ち合わせをする必要性があるのも事実だ。それにこの命令には気遣いはあっても違和感《誰かの策略》があるようにも思えない。

それになによりの問題として、すでに何進《上司》は命令を下している。ならば社畜《部下》は従うだけ。

「……かしこまりました。それではお言葉に甘えさせていただきます」

「おうよ」


〜〜〜〜〜〜〜〜〜〜〜〜〜〜〜〜〜〜〜〜〜〜〜〜〜〜〜〜〜〜〜〜


この会談から数日後、弘農丞でもある李儒は西園軍の一部隊を連れ、領地視察の名目で弘農へと出立した。

――荀攸はこの時、李儒を洛陽から出した《李儒に休みを与えた》ことを生涯後悔することになったという。

三

中平六年（西暦一八九年）八月　洛陽

大将軍府の実質的な指揮官にして何進の腹心である李儒が、何進の命令を受けて洛陽を離れた。

この報は特に隠されることもなく、むしろ周囲に布告されたかのような勢いで洛陽に巣食う者達に届けられた。

「李儒が動いた、か。……何進め。袁紹の暴走を利用する気だな」

その報に最も強く反応したのは、当然のことながら何進に名指しで処刑宣言をされている十常侍ら宦官であった。

さらにその筆頭であった張譲は、蹇碩の暴走から今までの一連の流れに対してこれといった有効策を打てずにいたことで、宦官内部での影響力が落ちつつあるのが現状である。

そんな中、己が生き残るために劉弁の母親である何后に渡りをつけ、下賤《げせん》の娘でしかないアレに平身低頭して己の庇護者となって貰い、これからどうにかして巻き返そうというところで何進がとってきた動きがコレだ。

「何進の狙いはわかる。しかし対処法がない」

張譲が頭を悩ませているのは、現在動きを見せているのは袁紹であって何進ではないということだ。事情を知る人間が見れば袁紹の暴走でしかないのだが、そうでない人間からすれば袁紹の行動は『宦官閥の勢力減退を見た名家閥が、宦官に次いで何進の権勢を掣肘するために動いている』としか見えないのである。

今やそれが洛陽における一般的な認識である。よって宦官閥に属する者たちの大半が両者の疲弊を待つこと。つまり様子見を選択してしまっている。

だが洛陽の上層部に巣食う一部の人間は違う。特に袁紹の動きを摑んでいる張譲や袁紹の動きを止められなかった袁隗らは、この段階で何進が腹心である李儒を動かしたことで『袁紹が泳がされている』と確信していた。

問題は、こうなってしまえば、宦官閥を率いる身とはいえ、皇帝劉宏という絶対の鬼札を失った張譲にできることはないということだ。

そもそもの話だが今回の件は、公的には司隷校尉であり弘農丞である李儒による視察を兼ねた賊の討伐任務なのだが、その程度の任務に光禄勲である李儒が直接赴く必要などないのだ。ならば何故？　と考えれば『先の乱で親交があった董卓と合流しようとしている』という答えに行きつくのは簡単なことであろう。

と言うのも、ここ最近ことあるごとに袁紹が「自分が涼州から董卓を呼び出した！　これで宦官も何進も終わりだ！」と普段から大声で叫んでいるからだ。

そう。承認欲求の強い彼は、曹操に対して『ここだけの話』と言いながら、方々で同じことを言いふらしては悦に浸っていたのである。

あれだけ大声で多数の人間に吹聴して回れば当然張譲や何進の耳に入るし、袁隗などは『甥の暴走に胃を痛めている』ともっぱらの噂であった。

こういった状況なのに、未だに袁紹に対して袁家から何の処分も下されないのは、袁紹がどうこうではなく、この動きに対して何進がどう動くのかを見定めているからだ。

彼らにしてみれば袁紹一人を差し出して、それで済むなら良い。喜んで袁紹を差し出すだろう。

だが董重の時のように一族郎党が連座させられるのでは堪《たま》ったものではない。そのため、袁隗は何進からの連絡を待ち、何とか交渉で話を済ませようとしていたという経緯がある。

そうして周囲が何進の行動に注視していた中、当の何進が取った行動は……黙認であった。

これにより張譲は『何進は袁紹の策を利用して自分たちを抹殺するつもりである』と結論付けた。

そしてこの予想は、何進が密告をしてきた曹操に対して『時期を見て自分に従う宦官を避難させるように』という指示を出したことで確定となった。

何進が袁紹の策を利用するつもりならば、袁隗は何もしなくても仇敵である張譲を始めとした宦官を殺せるし、なによりこの策を提唱したという功を以て『今回の独断専行を袁紹一人の罪とする』という形で交渉を纏める余地があると見ている。

そのため、現在袁家では、袁紹を切り捨てて残った袁術を中心に据えることを前提とした組織作りが行われている最中であり、他に労力を割く余裕はないこともあって、現状で袁家を中心とした名家閥がこの件に対する動きを見せる気配はなかった。

それはつまり、彼らは何進による『宦官の誅殺』を邪魔しないということになってしまう。

こうなると一層危機に陥るのが張譲ら宦官たちだ。現状綱引きにすらなっていない状況で、味方は時間と共に失われていくばかり。後ろ盾のない劉協には簡単に近付けても彼には何の権限もないので、今回の件についてはまったくの無意味。

いや、一応王允を始めとした帝派は劉協の近くに侍っているが、彼らは何進以上に宦官を嫌っているし、そもそも彼らが劉協の側にいるのは何進が『劉協殿下が宦官に利用されないようにしてくれ』と連中に念押しをしたからだ。

絶体絶命の自分たちとは違い、今の何進は劉協に気遣う余裕すらある。

そんな彼我の差を再認識し、目の前が怒りで真っ赤に染まりそうになる張譲だが、彼はここで感情のままに暴れるような愚か者ではない。むしろ『ここで激昂しても何もならん』と考えを切り替えることができる傑物であった。しかしながら、傑物であるが故に彼はこれまで帝の側で好き勝手して来た自分たちが、基本的に他の勢力の人間に嫌われているということを自覚していた。

元々彼ら宦官は、後宮の中でしか権勢を維持できない存在だ。よって彼らが生き延びるためには彼らを必要としている人間に擦り寄るしかない。そして最大の庇護者である皇帝がいない今、彼らが擦り寄る相手は次期皇帝と目される劉弁。もしくはその母親となるのは自明の理であった。


〜〜〜〜〜〜〜〜〜〜〜〜〜〜〜〜〜〜〜〜〜〜〜〜〜〜〜〜〜〜〜〜〜〜〜


ただでさえ神聖不可侵の宮中に於いて、さらに帝か宦官しか立ち入れない聖域である後宮。その最奥に造られたとある一室では、部屋の主であり『妖艶』という言葉を具現化したような、三十になるかどうかという女性が、張譲をはじめとした宦官たちとの謁見を行っていた。

「我らは忠実なる陛下の臣にございます。何卒大将軍様にも……」

「うむ。わかっておる。兄上には妾《わらわ》が取り成す故、その方らは暫《しば》し大人しくしておれ」

「ははっ！」

「……ふふふ」

あの大宦官である張譲が己に頭を下げながら消えていく。そんな様を見て愉悦を感じ、部屋の主は笑みを隠しきれないというように微笑む。

張譲に頭を下げさせた彼女こそ霊帝に見初められて劉弁という次期皇帝を産み落とした何進の妹。何后であった。宦官を下がらせ、一人になった彼女はふと今までの人生を振り返る。

元々彼女は南陽の食肉加工業者である何真の子として幼少期を過ごした。幼少の頃からその美貌は評判であったが、普通ならそのまま南陽の名家の家に嫁ぐなどして、その生涯を終えただろう。

そんな彼女の人生が一変した要因は、同じ南陽出身の宦官である郭勝《かくしょう》が兄である何進と共謀し、自分たちの出世のために彼女を霊帝に差し出したことだ。

後宮に入ったとはいえ、後ろ盾がない彼女は周囲の嫉妬や陰険な虐めなどに遭い、生きるだけでも必死であった。そのため彼女は自身が生き延びるためにありとあらゆる手を尽くしていた。そんな中、後ろ盾がないところが逆に霊帝の目を引いたのだろう。

むしろ権謀渦巻く後宮において頼る者がおらず、一途に自分を頼って来る何氏は劉宏にとってことさら可愛く見えたに違いない。加えて言えば、帝にとって名家であろうと食肉加工業者であろうと全て等しく下賤の身である。よって彼が彼女の生家について蔑むことはなかった。

そんなこんなで最初の皇后である宋氏《そうし》が廃された際、彼女は正式に皇后となることができたので

ある。

それから数年。既に男子を産んでおり『このまま黙っていれば自分の子供が次の帝になる』そう思っていた彼女の未来に影が差したのは、それからわずか一年後のことである。側室であった王美《おうび》人《じん》が男子を産んだのだ。

昔から卑しい生まれの自分を毛嫌いしていた董太后（霊帝の母）らはこぞって王美人の子をもて囃《はや》し、何氏の子である弁を軽んじ、時には暗殺までしようとしてきた。

唯一頼れていた劉宏も、何后よりも若く、さらに子を産んだ王美人を可愛がるようになっていた中で、彼女にとっての味方は当時外戚である董氏や王氏の権力増大を恐れる宦官しかいなかった。

そして彼女は宦官に頭を下げ、彼らに毒を用意してもらい王美人を除くことに成功する。

……だがそれが拙かった。

王美人を毒殺したことで、彼女を可愛がっていた帝の不興を買ってしまったのだ。これによって帝は彼女を避けるようになり、母を亡くした協を可愛がるようになってしまう。

さらに間の悪いことに兄の何進が急激に出世してしまう。これにより、表面上の後ろ盾ができた何后だが、後宮内では宦官たちからも距離を置かれてしまうという悪循環が生まれつつあったのだ。

『このままでは帝が自分を見限り、弁ではなく協が太子として擁立されてしまうかもしれない。そうなったら私たちはどうなる？』

孤独と不安に怯える中、悪いことは重なるモノで、帝が崩御してしまった。

何氏にとって劉宏は、後宮で自分を守ってくれた唯一の人であり、弁の父親である。それと同時に、自分たちを追いやる人間たちにチヤホヤされている協の父親であり、自分を虐げる董太后の子でもあった。

まさしく愛憎入り交じる相手ではあったが、それでも帝の正室という立場が自分たち母子を守ってくれていたのは知っている。

その最後の盾がなくなり、このまま自分も弁も殺されるのか？　と思っていたのが、つい先日までのことであった。

それが今ではどうだ？

帝の遺勅を利用して協を太子に立てようとした蹇碩は同じ十常侍に裏切られ計画が頓挫し、宦官たちが争う中で何進が袁隗と協定を結び圧倒的な勢力を確立したと思ったら、そのまま蹇碩や董太后を始めとした外戚の一派を滅ぼしてしまったではないか。

これにより弁の即位がほぼ確定し、表立って自分に逆らう者はいなくなった。それどころか自分と距離を置いていた宦官共が頭を下げて命乞いをしに来る始末。

まして最近は過去に自分が頭を下げた際に足下を見て色々と屈辱的なことをしてくれた張譲までもが頭を下げて来るのだ。これで笑うなという方が無理だろう。

今や彼らの命は己の胸三寸。それがわかっているからこそ、何后は彼らを脅威とは思わず、如何に利用するかを考えていたのである。

(男どもにはわからぬであろう。だが、後宮には後宮の世界があるのだ)

兄である何進は『十常侍のような力を持つ宦官などいなくとも良い』と公言しているが、自身にとって宦官とは、欲深き俗物であると同時に己を守る盾でもあるのだ。帝の母であった董太后とて惨めな最期を迎えたように、自分とて帝の母であるからといって決して油断できる立場ではない。そのことを、何后は誰よりもよく理解していた。

故に自分が彼女のようにならないよう、後宮においての権力を保持しなければならないのだ。それに兄である何進とていつ死ぬかはわからないのだから、いざという時のために何進以外の力を持つことは必須事項である。そう考えたとき『その力を蓄えるのは今を置いてない』と考えるのも何后の立場ならば当然のことといえる。

ましてその力が張譲のような力のある宦官ならば話は簡単だ。彼ほどの実力があれば木っ端の宦官などいつでも排除できるし、その張譲とて『何進の力があればいつでも殺せる程度の存在でしかない』という事実を知れば、彼女が『十常侍は生かして使うべき』という答えに行きつくのも、また当然のことであった。

(さて、では進兄上の前に苗《びょう》兄上と話をしましょうか)

張譲ら宦官からの命乞いに対して口添えを約束した何后は、何進を説得する前に、もう一人の兄である何苗《かびょう》と連絡を取ることにした。

何后にとって異父兄である何苗は、彼らの母親が何進の父親と再婚をした際の連れ子であった関係から何進とは血の繋がりはない。しかし何后とは血の繋がりがあるので、劉弁からすれば何苗もまた何進と同様に血の繋がりがある伯父となる。

とはいっても何苗は何后から見ても生まれ相応の見識や能力しかない上に何進のような才知もない人物だ。彼が何進に勝っていると言える点は何進より若いということくらいだろう。普通なら『頼りにならない』と考えるところだが、陰謀と策謀が渦巻く伏魔殿たる洛陽にあってはいささか事情が異なっていた。

そう、誰からも『毒にも薬にもならない』と評価されている何苗は、何后や弁にとって何よりも貴重な存在である『人畜無害な外戚』となっていたのだ。

更に言えば、最近の何苗は李儒や荀攸によって最初期にあった『何進の一族にして側近』という立場を活かせていないことに鬱憤を溜めているという情報もある。

よって何苗であれば何進が（その裏にいるであろう李儒や荀攸も）掲げる『十常侍は殺して他の宦官を利用する』という方針にも、理屈ではなく感情で異を唱える可能性が高いと何后は考えていた。今は何進の義弟というだけで車騎将軍・河南尹と成った何苗だが、実態はともかく肩書は漢帝国内でも屈指の地位であるし、何后と血が繋がっているということは正真正銘の次期皇帝の外戚という立場でもある。

この二つだけでも凡百の官位役職持ちの言葉など軽く吹き飛ばすだけの重みがあるのは、後宮という閉じた空間にいる彼女にも容易に想像できることであった。

（利用できるものは何でも利用するわ。たとえ兄であっても、ねぇ）

後宮で一人、文字通り泥水を啜《すす》って生き延びてきた何后の嗅覚は「まずは最初に何苗を取り込むべき」と彼女に囁《ささや》いていた。


～～

同年同月　涼州・金城郡冀県

「将軍。洛陽から書簡がきましたぜ」

「はぁ。またか……あのガキが、何様のつもりだ」

「しょ、将軍！」

娘婿の牛輔《ぎゅうほ》が持って来た書類を横目に見て、董卓は嫌そうな顔を隠しもしない。

それもそうだろう。今までも何度か書簡が来たが、その内容が「今まで世話をしてやった恩を返せ！」だの「宦官を殺せば涼州の統治を任せても良い！」だとか、勘違いも甚だしい上に全部が上から目線なのだ。

百歩譲って袁隗からの書状ならそれも許せるが、今回の件は袁紹の独断だとわかっている（袁隗や何進からは何の連絡も来ていない）ので、書状を見てもストレスが溜まるだけ。

本来なら読まずに破り捨てても良いのだが、下手に破り捨ててしまうと「証拠を隠滅した」と疑われてしまうことになるかもしれない。

そのため、董卓から見たらこの書簡は「そんな書簡見る価値もない！　専用の行李《こうり》にでも投げ捨てて置け！」と吐き捨てて、そのまま放置しておきたいところなのだが、中身には少量ではあるが洛陽の情報などが書かれているので確認を怠ることもできないという、実に微妙な代物《しろもの》となっていた。

そんな微妙な物を前にして露骨に嫌そうな顔をする董卓とは裏腹に、彼の言葉を聞いた牛輔は顔を青褪《あおざ》めさせ、きょろきょろと周囲に誰かいないかを確認している。

「……どうした？」

董卓とて牛輔が臆病とも言えるほど用心深い性格なのは知っているが、それでも自分の娘を任せても良いと思う程度には涼州の武人として優秀な人間だと思っている。そんな彼が、洛陽で威を張る袁家の関係者とはいえ、たかだか書状に怯える理由がわからなかった。

「……将軍、今までお世話になりました。妻は大事にしますんで、安らかにお眠りください」

「本当にどうした!?」

何故墓前に語り掛けるような、諦めたような、何というかそんな透き通った顔をされるのかわからない董卓は、書状に何が書かれているのかを確認しようとその手から書類をふんだくる。そして書簡の内容を見る前、偶然目に入った一文で牛輔が諦めたような顔をした理由を理解した。理解してしまった。

――その、いつも袁紹から送られてくるものより上質な書簡には『光禄勲』と書かれていた。

四

ここ数年における躍進によって現在洛陽に於いて並ぶものがいないと言われるほどの権勢を誇る何進。彼はまともな後ろ盾もなく、洛陽内に確固たる経済基盤もなかったにも拘わらず、天性の嗅覚と政治的なセンス、更に謀略の才能を以て現在の地位に登り詰めた『政治と謀略の化物』である。

周囲は李儒こそが何進を押し上げた存在だと思っているが、李儒が行ったのは陣営の強化や無駄が蔓延《はびこ》る後漢クオリティの改善による作業の効率化だけだ。（それでも十分破格の仕事ぶりだが）

結局李儒は、彼だけが知ることだが、単独でも大将軍に登り詰め権勢をほしいままにすることができたであろう何進という勝馬に乗っただけに過ぎない。

そんな『政治と謀略』の化物である何進にも弱点がある。権力にも酒にも女にも溺れず、金を使いこなす彼の弱点。それは『出自』であった。

とは言え、天性の勘と謀才を持つ何進個人には問題はなかった。むしろ洛陽にいた人間は、南陽の食肉加工業者の生まれであったことを前面に出して相手の油断を誘った何進の策を見破れず、常日頃から彼を見下した挙句に勝手に自爆してくれたり、罠に掛かってくれたのだから。

よって何進にとって食肉加工業者出身という出自は弱み足り得ない。問題なのは周囲の人間。より具体的に言えば身内である。

その中で妹の何后はまぁ良いだろう。彼女の場合は名家だのなんだのといった臭いがなく、むしろ世俗の垢《あか》に塗《まみ》れていたからこそ劉宏が珍しがった結果、寵愛《ちょうあい》に繋がったのだ。そう思えば、彼女にとっても出自はむしろ武器と言えるだろう。また後ろ盾に苦労した彼女が後宮での権力をほしいままにする宦官を利用しようと考えるのもわかる話だ。

何進にとって問題は他にあった。具体的に言えば弟の何苗だ。彼は何進の数少ない身内ということで現在車騎将軍という重職を与えられているのだが、彼にはその立場に見合った見識や能力がない。また政治的な感覚もなければ謀略ができる程の深みもなかった。当然将兵の指揮ができるだけの基礎知識もないので、完全に飾りとしての存在になりつつあった。

いや、その飾りが黙って飾られているだけならばまだ良かっただろう。黙っていれば食肉加工業者の小倅には送れなかったような贅沢《ぜいたく》な生活もできるし、彼程度が行っている不正など宦官や名家に比べたら可愛いものだ。

しかし妹である何后に何を吹き込まれたのか、己の価値を示そうとしているのかは知らないが、最近の彼は『張譲を生かして使うべきだ』などと、十常侍を庇うかのような意見を具申しに来るようになってしまっていた。

何后や何苗は張譲に貸しを作ったことで上位に立ったつもりなのだろうか？　しかし必死で宦官を擁護する姿は誰がどう見ても宦官に取り込まれているようにしか見えなかった。

今更そんな連中の言葉を聞き入れる何進ではないし、そもそも何后も何苗も何進の持つ権力や軍事力がなければ今頃その辺で屍《しかばね》を晒していることを自覚できていなかったのも問題であろう。

彼らにとっての最善は何進の意志を忖度《そんたく》して動くことだというのに、それを理解できておらず、それどころか一門で意見が割れているということを内外に晒してしまっているのが現状であった。

狭い世界しか知らないくせに権力を得た弊害か、それとも敵《劉協に後ろ盾》がいなくなって慢心したのか。どちらにせよ、何進と敵対する人間はこの二人を徐々に顕在化してきた何進の弱点と見なし、今まで一切の隙を見せることがなかった何進の牙城を崩そうとしていたのである。

～～～～～～～～～～～～～～～～～～～～～～～～～～～～～～～～～～～～～～～

大将軍府

「……あの馬鹿共がいい加減にしろってんだ」

荀攸が持って来た報を確認し、何進は苦虫を噛み潰したような顔をしながら目の前で同じように顔を顰めている彼の目の前で、その書簡をグシャリと握り潰す。

「また張譲の助命嘆願が来ましたか」

「おうよ。最近のあいつらは自分の立場を弁えねぇ……いやまぁ先帝の正室で次期帝の母ってのと、次期帝の伯父だから立場はあるのか？」

「立場だけを見れば、まぁそうです」

外戚という立場だけで見れば何進と何苗は『劉弁の伯父』という立場であり同格とも言える。つまり何苗も立場だけはあるのだ。

問題なのは何苗が何進と血が繋がっているわけではないこと。次いで生まれが生まれなので教養も浅く、一族の当主を盛り立てるという考えが薄いこと。加えて己の能力を自覚できていないところだろう。

そのため『何進が出世できるなら自分だって！』と勘違いしている節がある。

現在ですら立場と能力が伴っていないことも自覚できていない。言ってしまえば彼こそが世の人間が思い描いている食肉加工業者が妹の権威を利用して成り上がっただけの存在であった。そんな何苗など、張譲のような他人の欲を見抜き操ることに特化しているような妖怪連中から見れば、さぞかし操りやすい人形に見えたことだろう。

「あ～。今更あいつらの立場はどうでも良い。問題は奴らが何か考えがあるわけでもねぇのに、ただ『張譲に頭を下げさせた』ってことに満足してやがることだ」

「連中ならば、生き残るために頭を下げるくらいならいくらでもやるでしょうに」

「そうだな。それを理解してねぇから『宦官は漢朝の伝統なので滅ぼすべきではない。故に自分たちに降伏している張譲を利用するべきだ』なんて妄言が出てくるんだ」

これが袁紹のような気位だけが高い者になると「下賤の者に頭を下げるくらいなら死ぬ！」と豪語して死を選ぶ可能性もあるが、宦官にそのようなプライドはない。

連中は自らを傷付けるような嵐が来たら生き延びるために平身低頭し、嵐が通り過ぎたら何食わぬ顔で立ち上がって後ろから刺す。そんなことを当たり前に行って来る連中である。受けた恩は簡単に忘れるが、受けた屈辱は絶対に忘れないという点では名家と似ているが、報復方法などは名家以上にえぐいのが宦官という生き物だ。

故に彼ら宦官、特に十常侍は常日頃から李儒が言うように『瀕死では駄目だ、殺せ』を適用すべき相手である。だというのに、何后や何苗に迎合する連中は何をトチ狂ったのか連中の助命を嘆願し、何進の方針に真っ向から逆らうという愚行を犯してしまっていた。

「そもそも張譲らを殺すことと宦官を全滅させることは違うでしょうに」

「だな」

事実、荀攸が言うように、何進には十常侍を皆殺しにするつもりはあっても、宦官を皆殺しにする気はないのだ。むしろ『力のある宦官を皆殺しにした後で自分の息のかかった宦官を劉弁や劉協に付けることができれば、何后の権力が増強できる』と考えているくらいだ。

これは宦官＝十常侍と何后に認識させ、宦官を殺されては困るという意見を引き出した張譲の作戦勝ちと言えるだろう。

「何か勘違いしている何苗に関しては後で良いとしても、妹と弁殿下には今のうちに張譲らの有害さを理解させて、さっさと連中を抹殺するよう勅を貰う必要があるだろうな」

いくら何進に他を圧する権力があろうとも、漢帝国の全ては皇帝のものだ。特に宦官の人事権に関しては時の帝とその后や太后の専任事項である。故に現在のところ何進は、何后や劉弁に対して上奏し十常侍抹殺の許可をもらわなければ、法的には手が出せないという状況にある。

「しかし殿下も皇太后も基本は後宮から出てきませんが……」

荀攸としても張譲らを殺すべきだと考えているし、何一門が争う現状が良い状況だとは思ってはいない。とは言え何苗が自分や李儒に対して対抗意識を持っていて、今回の暴走もその対抗意識が無関係ではないことを知っているので、中々意見を出しづらいという状態であった。ただ荀攸にとって最大の懸念は何苗が暴走することではない。想定される最悪の状況は、このままの状態で李儒が董卓らを率いて洛陽に帰還することであった。

もし彼が帰還してきた際、今のように何苗だの何后がグダグダ言っているのを見たらどうなるか。彼のことだ『何をしているのやら』と言いながら当たり前のように宮中に乗り込み、曹操が避難させた者以外の宦官を殺し回る様が想像できてしまう。光禄勲である彼には近衛兵の指揮権があるのだから、それが決して難しい話ではないのがタチが悪い。

（かなり血生臭い解決法ではあるがそれも一つの解決方法ではあるというのがまた……）

漢に巣食う害虫を殺しきるためには荒療治も必要かもしれない。そのくらいは荀攸とて考えている。だがそうは言っても、それを簡単に認めるわけにもいかない事情もある。

そもそもの話だが、そのような無法が罷《まか》り通ってしまえば今後の漢という国の統制について致命的な綻びが生じてしまうことになるのだ。文民統制とまでは言わないが、それに近い状態であり『儒の教え』によって成り立つ政治体系であるのが漢帝国だ。

そこに暴力こそ正義！　とどこぞの暴徒のような真似をされてしまっては国の基幹が揺らいでしまうことになるのは明白。荀攸は比較的開明的な思想の持ち主であるが、幼き時から植え付けられてきた『儒の教え』というのはそう簡単に捨てられるものではない。

儒に染まっていない李儒からすれば、彼らが守ろうとしている儒の教えこそ国家が腐敗している元凶であると確信しているのだが、支配者側に都合の良い教えを捨てろというのも難しいことは理解しているので、普段から無駄な言葉は使わずに行動で、そしてその行動の結果で『儒の教えに意味などない』ということを示してきた。

しかし『儒の教え』に染まった周囲の常識人から見れば、李儒の行動こそキチ○イの所業である。何進ですら『李儒が董卓を引き連れてくれれば全てが解決する』とわかっているにもかかわらず、わざわざ劉弁や何后に対して宦官の排除を上奏するという回り道をしようとするのは、なんだかんだで彼も現状の体制を破壊する気がないからだ。

そんな彼らにとって後宮とは何后の城である以上に宦官の城である。

そこで宦官に囲まれた劉弁や何后に対して『彼らを殺す許可を出せ』と言ったところで、まともに話が通るはずがない。むしろこれまでの上奏と同じように、自分たちに都合の悪いことは一切伝えず、それでいてあることないことを脚色した内容が伝えられ、当たり前のように却下されるだろうことは火を見るよりも明らかであった。

そして宦官による横槍を防ぐための方策は一つしかないということも。

「俺が参内して連中を説き伏せるしかねぇよなぁ」

外戚として参内し、家族の話し合いという方向で何后を説得する。言葉で言えば簡単だが、決して簡単なことではない。とは言え後宮しか知らない小娘の蒙を啓《ひら》くのは海千山千の地獄を潜り抜けてきた何進にとっては簡単なことだ。

しかし一見簡単な解決方法を提示した何進を見る荀攸の顔色は優れない。

「……危険ですぞ」

そう。たしかに何進であれば何后を説き伏せることは容易いだろう。だがそれをされて困る宦官共が黙って見ているなど有り得ないことである。もしも何進が何后を説得するために宮城へ参内することを連中が知ったならどうするか？

参内したと同時に何進に適当な罪を着せて捕えるか？　それとも問答無用でそのまま処刑するか？

追い詰められている彼らがそういった強硬策を採る可能性もないわけではないのだ。

ただし、現状で何進を殺せば『宦官死すべし！』と声高に唱える袁紹のような連中に付け入る隙を見せることになるので、殺さずに何かしらの譲歩を迫ることになるだろうとは思っているが、それも確実ではない。

確実なのは、連中が何后や劉弁を自覚なき人質として使うことでその権勢を復活させることになる、ということだ。

何せ何后らにしてみれば、兄の何進よりも後宮で宦官と接している時間の方が長いのだ。どちらの言うことを信じるか？　と問われたらば、これまで長期間にわたって接してきた宦官を信じるに決まっているではないか。

もしもそうなればどうなるか？　先帝の世のように、また宦官共の専横により世が乱れるだろう。

つまり今の段階で何進を危険に晒し連中に余力を与えることは、先帝劉宏の死と何進の台頭によって健全化しつつある漢という国を再度混乱の坩堝《るつぼ》に叩き込む行為に他ならない。

漢を支える名家としての自負がある荀攸は、そんな危険を犯すくらいなら李儒による既存の勢力の価値観の完全破壊の方がまだマシだと考えていた。

……あくまで最悪か劣悪かの違いでしかないが、漢に生きる大半の人間は何進と宦官ならば何進の生を、宦官の死を望むだろう。

「わかっているさ。あの腹黒小僧《李儒》にも散々暗殺には気を付けろって言われてんだ。宦官連中の城に乗り込むってのに無防備ってのはありえねぇ」

この場合油断慢心というなら、宦官連中が言うような『宮中に入るなら武装を外せ。護衛の存在も許可しない』などという常套句《じょうとうく》に大人しく従うことがその最たるものと言っても良いだろう。たとえそれが宮中の法であろうとも、現状でそんな阿呆な真似をするほど何進は腑抜《ふぬ》けていない。

「ですな。鎧兜《よろいかぶと》の装備は当然として、兵もそれなりに連れて行くべきでしょう」

「おう。兵は李厳《りげん》に用意させろ。数は二千だ。野郎《李儒》が副官の李厳を洛陽に残していったってことはそういうことだろうしな」

「はっ」

――こうして何進は何后らを説得するため、宮城へと参内することとなった。史実では何后に呼び出しを受けて単身参内した何進。彼が準備万端整えて参内することで張譲らはどう動くのか。そして李儒から呼び出しを受けた董卓は？　長沙で書類と戦う孫堅は？

洛陽の泥が造り出す澱みの中では、誰もが傍観者であり、同時に当事者でもある。現時点でその澱みの先にあるものを見通すことができる者は誰一人とて存在しない。

それは正史と呼ばれる歴史の流れを知る李儒でさえも同様であった。

五

何進と荀攸が対応を協議した二日後、何進参内の報は洛陽の各勢力に布告された。

その内容は『大将軍としてではなく、外戚として何后に直接上奏することがある。宦官は信用できないので彼らを通す気はない』と言うものであり、同時に『弁太子と何后が直接朝議の場に出るならばその場で上奏するし、出てこなければ禁軍と共に後宮へ赴く』というものであった。

これに対する各勢力の反応は、一部の者たちを除けば概ね好意的に受け止められていた。

一部の者たちの筆頭である宦官達は唾を飛ばして反論したが、元々彼らは後宮の管理人でしかない。そんな彼らが権勢を維持できていたのは、張譲のような際立った存在による対抗者の排除や、その立場を利用して帝を後宮に隔離し、その意思を誘導したり、自分たちに都合の悪い上奏を握りつぶすと同時に自分たちに都合の良い勅を幾度となく偽造してきたからだ。

そのような存在である彼らには、基本的に朝議という公の場における発言権はない。例外は西園八校尉の総司令官という公職に就いた蹇碩くらいだろうが、その彼も今はいない。その上、彼らに後宮を管理させる立場であった皇帝は死亡。その後継者と目されている長子の劉弁にも、対抗馬に成りうる存在である次男の劉協にも后はいないのだ。（一応劉弁には婚約者がいるが、先帝の喪が明けていないので正式な婚姻はできていない）

この状況で宦官の存在価値を認める人間がどれだけいるだろうか？　つまるところ今回の何進による布告は『今の宦官は先帝の遺した女の管理人程度の存在でしかないのだから、無駄な抵抗はしないで大人しくしていろ』と宣言したと同義であった。

そういった意味が込められていた何進の布告に対し、本来なら伝統や格式を重んずるが故に苦言を呈していたであろう名家の面々は、何進に対する蔑み以上に宦官に対しての殺意が強かったためか、今回の布告に関しては特に反論や反発の声は上がらなかった。

また名家の中でも濁流派と呼ばれていた宦官閥と繋がりがある人間たちが文句を言うかと思われていたが、彼らは彼らで無言を貫いていた。

何故か？　元々彼らは宦官の庇護者ではなく利権をくれる者の味方なのだ。さらに言えば、彼らは『家』を残すために宦官に擦り寄っていたのである。よって積極的に何進に迎合することはなくとも、落ち目の宦官に味方するような迂闊な真似をするはずがなかった。

その上、王允を筆頭とした帝派も、外戚である董重一派を殺した何進に対して含むところはあるが、それ以上に宦官に対しての憎しみが強いので、何進の行動を認めることはあっても阻害するようなことはしなかった。

止めは今回の件で周囲からは『宦官の次に反発する』と思われていた何后である。彼女には宦官が期待したであろうが、最終的に彼女も何進が護衛の兵を連れて参内することに反対はしなかった。これは抜き打ちで布告を受けた張譲らが、何后にあることないことを報告して何進の参内を食い止めようとする前に、曹操に誼《よしみ》を通じていた宦官から何進の狙いや事情を聞かされていたからである。

もともと『張譲を生かして使う』と主張していた何后であったが、彼女とて張譲が大人しくしているのは何進の武力と権勢があってのものだとは理解している。さらに劉弁が無事に即位するためにも何進に死なれては困るという事情があった。そのため、何后も『張譲たちからの暗殺を防ぐために参内のときには禁軍の兵を護衛に付ける』という何進の言葉に異を唱えることはなかったのだ。

まぁ、そういった事情に加えて、張譲らが自分たちが助かるために自身と次期皇帝である劉弁に対して嘘を並べ立てたことで、張譲らに悪感情を抱いたことも無関係ではないのだが。

なんにせよこれらの動きは、あえて布告まで二日置いて根回しをすることにした荀攸の作戦勝ちと言えるだろう。そんなこんなの動きがあり、次期皇帝である劉弁とその母からのお墨付きをもらった何進が禁軍等を手配し、万全の態勢を整えて参内する日が近付くにつれて、その参内が自分たちの粛清を含むものだと受け取った宦官たちは、本来は命を懸けて死守すべき宮城からの逃走を試みたり、情緒不安定になったりと周囲に散々な醜態を見せ、宮中の人間から今まで以上に蔑みの目を向けられることになったそうな。

――そうこうして洛陽の大多数の人間が認めている何進の参内（からの宦官粛清）だが、それをされて困る人間が宦官以外にも存在していた。

具体的に言えば、今まで宦官とつるんでいた名家や商家の連中であり、彼らに引き立てられて地方で官吏をしている役人であり、何進の台頭を嫌う名家の代表を自認してきた袁紹その人である。

「あの成り上がりめっ！　俺の策に気付いたか!?　……いや、もしも気付いていたら俺を捕らえるなりなんなりしているはず。つまり奴の行動は偶然、か？」

「……おめでたい奴だ」

「ん？　何か言ったか？」

「いや、向こうの狙いを考えていただけさ」

「そうか、しかしあれだぞ？　向こうの狙いと言ってもあの成り上がりの狙いは俺の策を利用してだな……」

わかりきったことをしたり顔で語り、酒を飲んでは不安を誤魔化すように声を荒らげる袁紹を横目に、曹操は今回の何進の行動の裏を読み取ろうと必死で頭を回していた。

（世間一般で言われるような、その場での宦官粛清は……恐らくない。上奏の内容は張譲らの身柄の拘束ではなく、連中が犯した罪の調査のはず。そこで張譲ら十常侍と強い繋がりがある宦官と、ほとんど閑職に追いやられていた宦官を分け、それから董卓らを待って粛清する手はずだろう）

曹操は何進の狙いをこのように推察するが、事実この流れで概ね間違ってはいない。そもそも何后や劉弁にその場で「張譲を殺させろ」と言ったところで、許可など下りるはずがない。なにせ現時点での張譲は何后にとって数少ない駒なのだから。

実際は本人と何苗だけがそう思っているのだが、それでも彼女らは本気でそう思っている。そんな状況で外戚とはいえ大将軍である何進が兵士を連れて参内し、力で皇后の意思をねじ曲げたらどうなるだろうか？　今後は力を持つ武官が政を壟断するようになってしまうではないか。

現状の政治体系で栄達を極めた何進が自らそれを破壊するような真似はしない。そう考えれば、自ずとこの答えに辿りつくことができるはずだ。

しかし周囲の人間は何進が普段から十常侍の抹殺を唱えていることや、彼の出自が卑しいものだからその行動も卑しいに違いないと勘違いしている。

その結果が「このままでは何進に殺される！」と惨めなほどに狼狽する宦官連中であり「自分の策が何進の思いつきで潰された！」とよくわからない方向で怒りを覚えて憤慨している目の前のお坊ちゃんだ。

「えぇい！　董卓はどうした？　まだこないのか！　一体何をやっているのだ！」

（李儒と合流だろ？）

「あいつさえさっさと来れば、我々も何進と共に宮中に入って宦官どもを誅殺してやるものをっ！」

（我々って。まさか俺も入っているのか？　いや張譲とか十常侍は確かに殺したいが、全滅させられたら困るぞ）

「……む？　誅殺？　いや、まて。そうだ！」

「……」

（おいおいおい。何か考えついたみたいだが、俺は突っ込まんぞ。それに絶対碌なことにならんから止めろよ？　いや、一人で勝手に自爆する分には構わんが俺を巻き込むな……。と言うのは駄目だな。受身では確実に巻き込まれる。もうこいつから吸い上げる情報もないことだし、俺も一時避難するとしよう）

――この会談の後、曹操は大将軍府に詰めることで袁紹との繋がりを完全に絶つことに成功する。

それは運命の参内の日が訪れる前日のことであった。

時は少し遡り、八月。荊州長沙郡。長沙。


「殿、大将軍府から先帝の追悼の儀と新帝の即位式に参列するよう連絡が来ておりますぞ」

「……そうか。先に向こうから来たか」

どこぞの娘婿とは違い、孫堅に仕える程普《ていふ》はしっかりと差出人や内容を伝えていた。この辺は教育というか、向き不向きがあるのかもしれない。もしもこれが韓当《かんとう》あたりならば普通に「洛陽からの書簡ですぜ」と言って終わっていただろう。

そんなぶっきらぼうな連中のことはさておくとして。

「ふむ。今回は今まで袁術が袁家の権力を背景に呼び出してきていたのとは違うようだな。正式な上洛要請なら従わねばならんだろう。まったく面倒なことだ」

ゴキゴキと肩を回しながら机から立ち上がる孫堅。言葉は嫌々言っているようだが、表情は実に晴れやかであった。

それも仕方のないことだろう。もともと洛陽への上洛を考えていた孫堅だが、今や荊州にそれなりの影響力を持つ彼が上洛をした場合、いくつかの問題が発生すると考えられていた。

その最たるものが、荊州刺史となった劉表や、彼の関係者が騒ぎを起こす可能性である。

実際孫堅は先日劉表が行った土豪の虐殺や、それに伴う各種問題についての打開策を得たいと考えているため、洛陽に赴いた際には荊州の現状を事細やかに説明するつもりだ。

しかしそれは劉表陣営からすれば孫堅による讒言《ざんげん》に他ならない。

宗室の出であり清流派に伝手を持つ劉表とて、洛陽で政争に明け暮れる化物どもに目を付けられてはただでは済まないことは自覚しているだろう。よって劉表陣営は必ずや孫堅の動きを探り、その動きを掣肘しようとするはずであった。

ではは孫堅の行動を阻止する方法とはなにか？　孫堅に対する讒言や、役人に圧力をかけて孫堅の上洛を遅らせるようなことになるだろう。

（流石に讒言合戦で勝てるとは思えんし、役人を相手にするのも面倒だからな）

洛陽での伝手を持たない孫堅からすれば、讒言を言い合うのも面倒だし、洛陽の役人に延々と時間を稼がれるのも面倒極まりないことである。

ただし、これらはあくまで『孫堅が理由もなく上洛しようとした場合に生じる問題』だ。

洛陽の面々が孫堅の事情を知った上でのことかどうかは不明だが、少なくとも今回のこれは正式な上洛命令である。劉表とて孫堅の動きを警戒するだろうが、大人しく従う孫堅に文句をつけることはできないのだ。

こういった諸々の事情を説明しても息子の孫策《そんさく》などは「そこまでして上洛しなくてはいけないのか？」などと温いことを口にするが、それはあまりに不見識と言わざるを得ない。

今の孫堅は上洛を必要としているのだ。それも切実に。

なにせ数年前までの孫堅はなんだかんだで一軍閥の長でしかなく、目の前の賊を殺すことだけに専念していればよかった。しかし今では統治を、それも一郡の経営をしろと言われているのだ。

単純に戦のことに関しても、これまで普通に他の勢力から得ていた兵糧も自分たちの収入の中からやりくりしなければならなくなったし、兵士の給料も必要だ。そうした上で治安維持のために賊の討伐を行いつつ開墾だの治水だのといった内政まで行う必要もある。

これだけでも頭が痛いのに、更なる問題が発生してしまった。

それは先年、長沙の隣である零陵《れいりょう》や桂陽《けいよう》の二郡で発生した区星の乱に伴う混乱も未だ収まっていないというのに、刺史である王叡が洛陽の権力争いの余波によって失脚してしまったことだ。

孫堅も王叡のことは個人的に嫌いではあったが、それでも刺史として認めてはいたのだ。その王叡が失脚したことにより、彼が零陵や桂陽に派遣していた代官も一緒に失脚してしまった。ならば代わりを用意すればいいじゃないか。と言いたくなるのだが、現在洛陽では度重なる不祥事によって文官不足が深刻化しており、僻地《へきち》である零陵や桂陽に赴任したがる人材がいないという状況になっていた。

そんなこんなで自分が治めている長沙と隣接する地域が完全な無政府状態になってしまうことを嫌った孫堅は、今や自領である長沙と偽勅を用いた罪で自分が討ち取った曹寅が治めていた武陵に加えて零陵と桂陽の面倒を見ているのである。

この状況を改善するために新たに荊州刺史として赴任した劉表がなにかしてくれればよかった。

だが、内心で頼みの綱と考えていた劉表は、あろうことか着任早々に土着の豪族たちを騙《だま》し討ちで一網打尽にするという事態を引き起こし、現在進行形で南郡周辺の治安を乱れに乱れさせてしまっている。これでは、零陵や桂陽に人材を派遣するどころの話ではない。

ただでさえ統治という未経験の業務に頭を悩ませる孫堅にさらなる問題が降りかかる。

それは、劉表の策によって自分たちの主や家族、また軍閥の幹部を殺された土豪たちの残党や、劉表の行いに賛同できない者たちが孫堅の旗下に入りたいと言ってきていることだ。

これは普通に考えれば国力の増強に繋がることだし、そもそも文官不足を嘆く孫堅陣営にしてみれば喉から手が出るほどに人材は欲しかった。

しかし、しかしだ。劉表に反発する彼らを引き入れるということは、劉表を荊州に派遣してきた洛陽の意思に反すると同義となってしまう。

いや、まぁ今更洛陽がどうこう言っても、肝心の洛陽は何進と十常侍の権力争いの真っ只中だし、事件は現場で起こっているのだから、洛陽のことなど無視しても良いと言えば良いのかもしれない。

だが、問題は政争の決着が着いたときにある。もしも劉表が宗室の出であることを利用して自分に従わない者たちを討伐対象にするように帝に働きかけたらどうなるだろうか？　それを考えれば、孫堅とて易々と土豪たちを迎え入れるわけにはいかなかった。

とはいえ、ここで彼らを放置すれば周辺域の治安の悪化に拍車をかけることになるのは予測できるし、見捨てられた形となる人材からの評価も落ちるだろうことは明白である。そんなこんなで色々なものの板挟みとなり「俺にどうしろと？」と頭を抱えていたところに来たのが今回の『正式な上洛命令』である。

今の孫堅の立場では勝手に上洛などできないし、伝手がある袁術を利用して上洛したところで何進から名家閥に鞍替《くらが》えしたのか？　と睨まれては堪ったものではない。それに自領の問題を片付けられずに泣きつくというのは決まりが悪い上に、自身の器量を疑われることにもなるだろう。

だが、今回の上洛命令により話は一変する。まず単純に書類仕事から解放されるのが良い。その上、問題の棚上げもできる。さらに洛陽（大将軍もしくは李儒）に直接話を通すことで、人材の受け入れに対して言質を貰うことも可能だ。受け入れの許可が下りればそのまま登用するし、最悪自陣に抱え込めなくても、断る名目ができるだけでも良いのだ。

話の流れによっては文官不足に悩む洛陽に孫堅が荊州の人材を推挙するという形にすることもできる。その場合は洛陽に自身の影響力を残すことが可能なので、どちらに転んでも孫堅には損がないという状況に持っていけるわけだ。

「よし程普、上洛の準備だ！」

「はっ！」

ここ最近の悩みを解消できるとあって孫堅のテンションは高い。

「留守は策に任せる。武官は韓当。文官は鄧義と韓嵩に補佐をさせろ」

「はっ！」

若干十四歳の息子に重責を背負わせることになるが、どこぞの腹黒は十五で何進の下に出仕し、身ひとつで彼を大将軍にまで押し上げたのだ。補佐をつけて留守を預かることくらいは期待してもよかろう。ノリノリで息子に仕事をさせようとする孫堅とは裏腹に、程普は書類を纏めていく。

「……なぁ、それはなんだ？」

「それ？　あぁ。無論書類ですが？」

上洛の準備をしろと言ったはずなのに書類を整理する程普に嫌な予感を覚えた孫堅は確認を取るが、問われた程普は「何を言っているんだこいつ？」という目で見返してくる。

「いや、それはわかる。しかし何故今それを？」

「無論、上洛の途上、殿に処理してもらうためですな。あと我々では判断が難しいものを向こうで相談する必要もあります」

「……そうか」

なんだかんだで基礎的な教育を受けた甲斐《かい》もあり、こうして長沙一郡を回せているが、所詮にわか文官でしかない彼らにはどうしても理解できないことがある。そして荊州で新たに募った人材を使おうにも、今の段階では彼らをどこまで信用して良いかわからない（能力的にも信用的にも）ので、程普は「いっそのこと全部李儒に相談してしまえ」と考えたらしい。

まぁ彼は、性格はともかくとしても能力的には文句なく信用できる人間だし、もしも本人が多忙で誰かを紹介してきたとしても、彼ほどの人間が推す者なら最低限の信用は置けるだろう。

少なくとも劉表の手が入っているということはないはずだ。

そう考えれば程普の判断が間違っているようには思えない。しかし……

「なぁ。ちょっと多すぎないか？」

机の上に積み重ねられていた書簡のほとんどが行李の中に入れられていく。これはつまり『ほぼ全ての作業を孫堅にさせよう』という強い意思を感じる。感じてしまう。

「それはそうでしょう！　なにせこの書簡一つ一つに領民の命が懸かっているのですからな！　言葉は悪いかもしれませぬが、いまだ未熟な策殿に任せるなどできませぬぞ！」

「あ、はい」

いきなり配下に切れられた江東の虎だが、その言葉があまりにも正論だったため彼は一切反論できず、粛々と積まれていく書簡に遠い目を向けることしかできなかったそうな。

――これは中平六年（西暦一八九年）の夏のこと。彼らが長沙の太守となってから二年目のこと。

新米領主として悪戦苦闘する虎が上洛する前の、とある日常の風景であった。

六

中平六年（西暦一八九年）九月某日　洛陽

何進は前もって布告した通り二千の禁軍を引き連れて宮城に参内し、後宮に造られた何后の住む建物での謁見を行っていた。

ちなみに外向きの方便とはいえ、兄と妹の会談が『謁見』という形になったのは、男尊女卑が当たり前の後漢王朝にあっても（息子の劉弁が先帝から皇太子に任じられていなかったせいで未だに皇帝に即位できていないとはいえ）先帝の正室であり、嫡子の母でもある何后の権威が極めて高かったからだ。

しかしながら何后にとって、何進は己の後ろ盾であり、何一族の当主でもあり、歳の離れた実の兄でもある。更に何進は今回の上奏を『大将軍としてではなく外戚として行う』と宣言しているので、何后が何進に対する扱いは配下との謁見という形ではなく、妹として兄であり一家の当主を出迎えるという形になっていた。

何進をこのように歓待する形となったことについて、周囲の女官やら宦官は権威がどうとかと文句を言っていたが、当の何后としては特に文句はなかった。

何故なら十年以上いるとは言え、外の世界に比べたら息苦しいことこの上ない後宮という世界に於いて、彼女が肩肘を張らなくても良い相手というのは極めて少ないからだ。

そんな極めて少ない相手である兄との会話に格式を求めるほど、何后という女は権威に染まってはいない。

この程度のことは何進も理解しているし、何進にとっても肩肘を張らなくても良い相手は希少ということもあるので、参内というよりは当たり前に家長として、兄として嫁いだ妹の様子を伺うかのような感じで後宮を訪れていたりする。

……普通の訪問とは違い配下を護衛につけているのだが、そこは個人の感情や気質ではなく、各々の立場や状況の問題である。それでも何進と何后が会合する部屋には護衛も入れないようにしているし、宦官も立ち入りを禁じられていた。

これは何進だけでなく何后からの命令でもあった。更に「もし宦官が来たら不法侵入扱いで一族郎党も殺す」というのも告知済みであるので、後宮で威を張る張譲らでさえもこの場に手の者を差し向けることはできなかった。

一体何を吹き込むつもりだ？　と焦りを隠せない宦官たちを他所に、油断も隙も晒す気がない何進は、追い詰められていると錯覚した宦官が余計なことをしないように、この場にいない劉弁や劉協に対してもしっかり護衛の兵を付けているという念の入れようである。

実際のところ宦官連中は『余計なことをする』どころか、参内した何進が通る予定のルートには近寄らず、むしろ禁軍に見つからぬように内輪だけが知る部屋などで息を潜めていたりするので、何かを画策する以前の問題なのだが……基本的に万事に念を入れるのが何進という男である。

そういった下準備を終えたことでこの日、ようやくというべきか、久し振りというべきか、もしかしたら何后が霊帝に嫁いでから初めてと言っても良いかもしれない、家族水入らずの会談が行われようとしていた。だがどれだけ準備を整えても何事にも例外はあるもので。結果だけを言えば今回の謁見では何進が望んでいた何后との一対一の会談は叶うことはなかった。それは何故かというと、この場には何進と何后以外の人物がいたからだ。

「ようやく来たな兄貴！　この際遠慮なく言わせてもらうが、最近の兄貴はおかしいぞ！　自分が何をやっているのかわかってるのか!?」

「そういうお前ぇはここで何してんだよ……」

何進が何后の用意した部屋に入ると同時に、いるはずがない第三者の声が部屋中に響き渡る。その声の主は何進よりも若く、さらに宦官たちとも違う声色をした男であった。ただでさえ男子禁制の後宮で、それも今回のように許可のない者の立ち入りを禁じたこの場で聞こえて来て良いものではない。

ならば何進がするべき行動は、声の主を即座に捕縛し、事前に告知した通りに不法侵入の罪を鳴らして、一族郎党を殺すべきなのだが、その声を発した当人を見てしまった何進は、頭を押さえて顔を顰めるだけに留めることしかできなかった。

それはそうだろう。自分を兄貴と呼んだこの男こそ、自身の義理の弟にして何后にとって異父兄

である何苗だったからだ。もしも彼を後宮への不法侵入の罪として捕縛し、一族郎党を処刑するということになれば、その対象には当然何進も含まれてしまう。当然何進にはそんな回りくどい自殺をするつもりはない。

(張譲あたりに差し向けられたか?)

考えてみれば、何后の異母兄である何進が外戚として参内するというならば、何苗とて同じ立場である。ならば彼には『自分にも会談に参加する資格はある!』と強弁することは可能だ。これを『自分からの布告を受けて張譲が用意した嫌がらせ』と当たりをつけた何進は、とりあえず何苗がこの場にいることを諦めることにした。

だが何進にとって今回の会談は、張譲ら十常侍を除くために何后を説得するのが目的である。そんな彼から見れば何苗は邪魔者以外の何者でもない。

(こいつはそのことを自覚しているのか?)

「何をしているか? だと。俺は兄貴の暴走を止めるためにだなぁ!」

自分のお陰で今の立場にある何苗が、自身の邪魔をして何がしたいのか? 今も真っ赤な顔をして怒鳴り散らす義理の弟の考えていることが何進には心底理解できなかった。

そして何苗の感情を理解することを諦めた何進が妹に対して『何でこいつの参加を許可したんだ?』という目を向ければ、彼女は一つ頷きながら、この場に何苗を招いた理由を説明する。

「進兄上は張譲らを除くことを望んでいるのでしょう? ですが苗兄上は張譲らを使うことを望ん

でいます。私としても兄弟にして外戚のお二人が争うのは望んでおりませんので、この場で何一族としての意見を纏めた方が良いと思いまして」

「……阿呆どもが」

妹からしたり顔で告げられた理由に、何進は今度こそ頭を抱えることになった。何后は賢《さか》しげにそれらしいことを言っているが、これは明らかに張譲による何一族の分断策だ。そもそも何苗は何進に対して意見を言うだけの能力や実績がないということを自覚できていない。

彼は何進の政治的な能力を理解しておらず、単純に『兄貴は何后の外戚という立場を利用して出世しただけ』と考えているし『それなら自分も同格だろう』と思っている節がある。

何進と血が繋がっていないのも良くないのだろう。何苗にとって何進とは親の再婚相手の子供であり、年長者というだけで偉そうにしている存在でもあった。

いや、今まではそれでも良かったのだ。食肉加工業者の家の出ということでまともな教養を持たず、さりとて特段優れた才覚も持ち合わせていなかった何苗は、当然自分の力だけでは与えられた役職や権限を使いこなすこともできず、万事義兄に言われた通りのことだけをやってきた。

それで物事がうまく回っていたのも事実だ。今では何進はいつの間にか大将軍となり、自分は車騎将軍。さらに妹の子が次期皇帝である。ここ数年間の間の怒濤《どとう》の展開によって、彼の頭が完全に飽和状態になっていたのも仕方のないことだろう。

そんな周囲の環境が激変したせいで頭がうまく回っていなかった何苗が、自身が何進の操り人形になっていること。そして、その何進さえもが名家の操り人形になっていることを自覚した（本人は自覚したと思っている）のは、ここ最近のことであった。具体的には張譲派ともいえる宦官と付き合いがある連中が、何苗に接触してきてからのことだ。

彼ら宦官閥の人間は何苗に対して『同じ次期皇帝の伯父であるのに、何故何進が何苗よりも上位に立っているのか？』という疑念を植え付けると同時に『何進は名家閥の李儒や荀攸によって操られているのだ』という考えを植え付けることに成功する。

実際、何苗は普段から自分の意見など聞かないし、それ以前に自分の意見を求めることさえしない何進が、李儒のような小僧の言うことは聞くし、荀攸には自分から意見を聞いているのは知っていた。

そんな何進を何苗の視点から見たら『兄貴は名家の言いなりになっている』と言われたとして、そこに違和感を覚えることは難しいだろう。

実際のところ、何進は李儒や荀攸を通じて己が知らない名家や宦官の価値観を確認したり、軍略を学んだ彼らの意見を取り入れることで自分の計画を多角的に見て、失敗をしないようにしているだけなのだが、何進の天才性を理解できていない何苗にはそんなことはわからない。むしろ何進が異常なのだ。

結局、どこまでいっても食肉加工業者の小倅でしかない何苗を掌の上で転がすことなど、宦官にしてみたらまさしく赤子の手を捻《ひね》るより簡単なことだった。

この場合の一番の問題は、何苗が何進は名家に操られていると確信しているのに対して、自分自身が宦官に操られているという自覚がないことだ。

こうなると、何進によるどんな説得も「自分は正常だが兄貴は騙されている！」というバイアスがかかってしまうため無意味になるし、何后を説得する際にも何進の言葉に説得力がなくなってしまう。無理矢理従わせようにも、権威やら何やらを正しく理解できていない何苗は頑強に抵抗するだけだろうし、そんなことをしたら周囲に弱味を見せるだけになってしまう。

（野郎を弘農に出して正解だったな）

もしもこの場に李儒がいれば『邪魔ですな』の一言で何苗を始末していたはずだ。しかし何進としても数少ない一門をこんなことで失うのは避けたいという気持ちがある。

これを何進の優柔不断と断じるのは、些か以上に『家』を重視する古代中国的価値観を理解していないと言わざるを得ない。これまでは適当な一族の人間に権力を継がせようとしていた何進が、先年生まれた嫡孫に権力の継承を考え始めたが故の躊躇であった。

（面倒だが、これはこれで必要なこと、か）

権威の継承を考えるからこそ何進は、今回の会談で本命の妹ではなく、義理の弟の説得が必要だと判断した。まぁ、この場に何苗がいて、無駄に騒ぎ立てることを止めない限り妹の説得が不可能と考えたともいうが、結果に違いはない。

これまでの何苗なら簡単に言いくるめて終わりだった。しかし今回は違う。なにせ今の何苗は、何進が名家の連中に操られていると確信しているからだ。これでは多少の説得では意見を変えることはないだろう。

（わざわざ万全の態勢を整えて後宮に来たってのに、ここで何苗の相手をしなきゃならねぇのか……）

何苗との話し合いをすることを決意したものの、何進の表情は暗い。

（こうして張譲に何苗を用意されたことにより、今回俺と荀攸が目論《もくろ》んだ『李儒が戻る前に張譲を排除する策』は水泡に帰した。もうこれ以上下手に時間を掛けることはできねぇ）

今回の件に関してだけ言うのであれば、数日の猶予期間を使って方々に根回しを行い、兄妹での会談を実現させた荀攸の策に対して、同じく一門である何苗を使って時間を稼ぐことを目論んだ張譲の作戦勝ちと言えよう。

それが張譲にとって良いことかどうかは微妙なところであるが。とにかく問題は今だ。

「苗よ、そもそもの話だが、お前ぇは何で張譲を殺すのに反対してるんだ？」

張譲の策は策として、何進は話を進めるために何苗の意見を聞くことにした。何進としては、何后が張譲の排除に反対するのは理解できなくもないのだ。

（今までの憂さ晴らしというのもあるだろうが、力のある宦官を従えておけば今後の後宮生活は安泰だという程度のことだろ？）

しかし何苗が頑なに宦官を庇う理由がわからない。よっていっそのことストレートに聞いてみることにしたのだが、その返答は何進が思った以上に単純なものであった。

「そ、そんなの当たり前だろ！　張譲様って言ったら先帝陛下の側近中の側近だぞ！　本来なら俺たちなんか目にすることもできないお偉いさんなんだぞ！　そんな人が大人しく従うって言ってるんだから、殺すよりも使った方が良いに決まっているじゃねぇか！」

「……正気か？」

「あ、兄貴こそ正気かよ！　俺たちは所詮妹が先帝陛下に気に入られて弁殿下を生んだから出世できただけであって、宮中のことなんか何もわかんねぇんだぞ！　それなのに宮中を知り尽くした張譲様を殺すなんてとんでもねぇことじゃねぇか！」

「おいおいおい」

何苗の思考に疑問を抱いていた何進に対しての返答は、あまりにもあまりなものであった。しかしこの場で何苗の正気を疑っているのは何進のみであるようで……

（本気かよ）

妹の顔色を窺ってみれば、彼女も我が意を得たりといった風に頷いている。その姿を見て、ようやく何進は彼らの考えを理解できた。結局のところ何后も何苗も、肉屋の小娘と倅に過ぎないのだ。一言で言うならば政治を理解できていないのである。

二人にとって宮中だの大将軍だのといった世界は正しく別世界であり、自分の知識が一切通用しない未知の世界だ。そんな未知の世界を歩むためにはそこを理解している人間を使うしかない。宮中においてはそれが宦官であり、その筆頭ともいえる張譲だ。その張譲が従うというのならば使うのが当然ではないか。そんな考えが根底にある。

更に言えば、何進が大将軍になって僅か五年しか経っていないし、何苗が車騎将軍になったのもつい最近のことだ。彼らから見たら何進だって自分たちと同じように右も左もわからなくて混乱している可能性は否めない。

「大体兄貴が使ってる李儒とか荀攸は名家の連中だぞ？　あんな連中信用なんかできるかよ！」

自分もそうなんだから、何進もそうに違いない。何苗の立場ではこう考えるのは不自然なことではない。自分の状況と照らし合わせた結果、先述したように何苗は何進が名家の連中に操られていると確信したのだ。それに何苗は今まで宦官と接することがなかったので、直接宦官から虐げられたり蔑まれたりしたことはない。しかし、名家の連中からはこれでもかという程に虐げられて来たという経緯があった。

何苗を虐げてきた連中といえば、数年前までは政略と謀略に際立った才能があった何進にすら何かとちょっかいをかけてきた連中でもある。よって彼らが、今よりも権勢の弱かった何苗に対して遠慮などはしなかったであろうことは想像に難くない。

いや、それらの嫌がらせは何進が大将軍になっても続いただろう。むしろ隙のない何進よりも隙だらけの何苗を狙って憂さ晴らしをしていた可能性さえある。

普段の生活のみならず、軍部においても『能力ではなく妹の立場を利用して立場を手に入れた者』と見下され続けてきた何苗にとって、周囲の人間は、ことさら名家の人間は自分を虐げてきた敵だ。

　平民出身の文官や武官なら当たり前に感じていることであるが、何苗の場合はなまじ立場を得てしまっただけに、直接名家との接点があるのも良くなかったのだろう。

　もしも彼が荀攸……はともかくとして（彼の場合は無意識に他人を見下す場合があるし、学がない人間には荀攸の言葉が理解できない）李儒と関わっていたら、少しは名家に対して違う考えも持てた可能性があったのかもしれない。

　しかし李儒は無能に関わって仕事を増やされることを嫌うので、何苗とは接触をしていなかった。というか半ば無視に近い状態にあった。『兄に取り入っている小僧の癖に自分を無視している』この事実も何苗が名家を嫌うことになった一因とも言える。何苗の個人的な好き嫌いはさておくとしても、問題は何苗の価値観では今でも漢のトップは宦官と名家であり、そこに何進がいるという実感がないことだ。

　そのため『兄貴が名家に操られているなら、対抗策として宦官を後ろ盾に使うべき』という考えとなっていた。これは普通の庶民としては実に当たり前で、堅実とも言える一般的な考えであり、一般的な考えだからこそ何后にも理解しやすいことでもあった。

「……なるほど。お前もそうか？」

「はい。政敵であった張譲を排除したいという進兄上のお気持ちも理解できますが、私はあえて生かして使うべき、と考えております」

何苗の意見を聞いた何進が半ば確信を込めて何后に確認を取ると、彼女は彼女で当然のように首肯する。

そもそもの話だが、彼女が後宮に入り、劉宏の寵愛を受けていたころから張譲を中心とした宦官連中や、後宮にいる女官たちは下賤の身である彼女に劉宏との子を産ませる気などなかった。それでも彼女が子を産めたのは、何進の尽力はもちろんのこと、帝に子がいないことを憂いていた帝派の人間や、当時張譲らと敵対していた宦官たちの手が入ったおかげである。それがなければ、何后とて他の女官や側室たち同様に、子ができたとしても出産することはできなかったであろうことは、当の本人が一番良く理解している。

あの、いつ自分が誅殺されるか怯える日々。劉宏と離れる度に感じていた死の恐怖に震えた当時と比べ、今はどうか？　自身の庇護者である何進はなるほど。確かに前とは比べ物にならないくらい出世したのかもしれない。張譲が命乞いをせざるを得ないほどの権威も、政治力も、武力もあるのかもしれない。

だが、それが後宮に暮らす自分たちに何の役に立つというのか。

表の力がいくらあろうとも、男子禁制にしてある種の聖域である後宮で力を持つのは依然宦官たちなのだ。そして後宮がある限り何后は宦官から逃げることはできないのである。

なればこそ、宦官の筆頭である張譲を使うべきだろう。なにかあったら何進が持つ武力で制圧してしまえばいいではないか。

　これが後宮に生きる何后の主張であった。

「……なるほど」

（確かに連中を追い詰めすぎた場合、暫定的な皇太子として表に出ることもある弁とは違って、後宮から出られねぇこいつは助からねぇわな。だからこそ張譲に貸しを作って利用する、か。わからなくはねぇ。わからなくはねぇが）

　後宮の事情を前提に話す何后の言い分は、何進にとってもそれなりに聞く価値がある意見であった。もしかしたらその貸しを作る相手が張譲でなければ何進も頷いていたかもしれない。

　しかし相手はあの張譲である。

（命を助けた恩？　馬鹿くせぇ。張譲は洛陽という伏魔殿で頂点に立っていた正真正銘の化物だぞ。そんな化物に首輪を着けてどうなるってんだ。するりと抜けて毒牙を突き立てるだけじゃねぇか。それ以前にヤツの命を狙っているのは俺だし、それを止めたからって恩なんか感じるわけねぇだろ。だが、それを理解できてねぇのが一番の問題なんだよなぁ）

　何苗と何后の言い分を聞いたところで、何進の出した結論は変わらなかった。

　結局のところ何が悪いというわけではない。なまじ身内なだけに二人には何進の特異性を理解できなかったし、なまじ武力を持たない存在なだけに、張譲の怖さを共有できていなかったというだけの話である。

（今回の参内は、妹の説得という点では不首尾に終わった。しかし今後のことを考えれば決して無意味ではねぇ）

お互いのすれ違いの根本にあるものを正しく理解した何進は（今の段階ではこいつらを説得できねぇ。まずは何苗に立場を与えるよりも現実を見せることで蒙を啓くことが先だ）と判断し、今後の予定を組み換えていくことにすると同時に、一門の結束のために必要なものの存在に気付くきっかけをくれた張譲に感謝さえしていた。

（礼と言っちゃなんだが、あと少しだけ生かしといてやるよ）

不倶戴天《ふぐたいてん》の政敵である張譲にさえ感謝する余裕。

その源は、今まで（どうやって野郎の暴走とも言える行動を抑えようか？）と考えていた何進が（向こうがこんな手を打って来るなら遠慮は要らねぇな）と考えを改めていたことに起因するのは言うまでもないことであった。

「とりあえずお前ぇらの考えは理解した。おぅ苗よ」

「な、何だ?!」

「帰んぞ」

「は、はぁ？」

袁紹が招き寄せた軍勢を使って宦官を虐殺する。今まではなんとかして抑えようとしていたこの案だが、今回の件で張譲の厄介さを再認識したことで、何進は己の考えを一転させることを決意したのである。

（方針を転換する以上、これ以上ここでの会談は無意味だからな。さっさと……ん？）

「閣下っ！　一大事ですっ！」

会談に見切りを付け、自分の怒りを買ったと勘違いして身構えている何苗と共にこの部屋から退出しようとした何進の下に、予期せぬ客人が姿を見せた。

「あぁん？」

それは、自身が引き連れてきた禁軍の指揮官を命じられていた男、李厳であった。

「貴様は李儒のっ！」

「下郎！　この場がどこか理解しての狼藉かっ⁉」

護衛を率いて待機していたはずの男が突如兵を引き連れて侵入禁止と厳命された部屋へと乱入してきた。これだけ考えれば、李厳の目的が何進らの暗殺と考えてもおかしくはない。

しかし当の疑惑を向けられた李厳は、何進に都合の悪いことをいう自分達を殺しに来たのか？と警戒し、目的を誰何する何苗や何后には取り合わず、まっすぐ何進を見据えたまま動かずにいた。

「李厳。俺は入室を許可した覚えはねぇぞ。……いや、何があった？」

突然の乱入者に焦る二人とは違い、何進はこの李厳が李儒の命令に逆らうことがないと知っているし、その李儒が自分を害するということがないと確信していた。よってこの乱入が言葉通り非常事態が発生したためだと判断し、目の前で周囲を警戒する李厳にその内容の確認をとることにした。

非常時にこそ落ち着き払って最善の行動を取る。言葉にするだけなら簡単だが、実行するにはとてつもない忍耐力と判断力が求められることであるが、何進は当たり前にそれを実行できる人間であった。

「はっ。閣下と宦官を始末するために袁紹が動きました！　急いで避難をしてください！」

「……は？」

そんな忍耐力と決断力のある何進であってもこの報告は予想外であった。予想外の報告を受けた何進は彼にしては珍しく、人前だというのに呆けた声を上げてしまう。もしもこの場に李儒がいたら『ずんぐりむっくりなおっさんの驚いた顔なんかどうでも良いからさっさと動け』と言いながら、非常事態であることをいいことに何進の尻に蹴りを入れるくらいのことはしたかもしれない。しかしながら、常識人たる李厳にはそこまでの度胸はないし、親密さもない。故に今の李厳には何進からの指示を待つ以外にないのだが、その指示を出すはずの何進もいきなりの事態に自失から回復するまで数秒を必要としてしまう。

――この数秒が何進にとってどのような意味を持つことになるのか。

洛陽を揺るがす大事件は、まだ始まったばかりであった。

七

武装した兵による宮中侵犯。

良くも悪くも儒教に染りきった漢という国に於いて、この行為は正しく天に唾を吐く行為であり、如何に名家閥の筆頭格を嘯く袁家であっても一族郎党の断罪は免れないであろう大罪にして愚行である。そのため、何進も荀攸も今回の参内で何進を脅かす者は、宦官か宦官によって買収・脅迫された数名の禁軍（近衛兵）だけであると判断し、それに備えた準備を整えてから参内を行っていた。

その時間を使って張譲が何苗を用意したことについては、まぁ宦官連中とて黙って殺されるような殊勝な連中ではないということを知っておきながら、対策の一つも練らなかった自分たちの未熟であると認めよう。

だがここに来て袁紹がこのような行動を取ることは完全に想像の範囲外であった。故に李厳からの報告を受けた際、何進は思わず『あのガキ。トチ狂ったか？　それとも刺し違える覚悟を決めたのか？』と袁紹の行いを分析したのだが……

（違うな。いや、狂ったは狂ったんだろうが、刺し違える気はねぇ）

よくよく考えれば袁紹は、否、袁紹だけはこの愚行を犯しても生き残る可能性があるということに気付く。

その根拠は袁紹の役職にあった。

では袁紹の役職とは何だろうか？　最初に思い浮かぶのは先帝が組織した近衛である西園軍の中軍校尉だろう。なにせこの組織、先帝が崩御し、蹇碩を含む五人が死に、事実上禁軍に組み込まれていても、次代の帝が廃止しない限り組織的にはまだ存在するのだ。

西園軍における中軍校尉の役目とは何か？　と問われれば、明確に答えを出せる人間はいない。実際同じ西園八校尉であり、典礼を司る身である曹操も「こいつは普段西園軍として何をしているんだ？」と疑問を抱いたことは一度や二度ではない。

そもそも西園軍は『黄巾の乱で活躍して武功を挙げた人間を登用するという制度だったにもかかわらず、総司令官の上軍校尉が戦争を経験していない宦官の蹇碩である時点でおかしい』という突っ込みが結成当初からあったし、同じようにまともに戦に参加をしていなかった袁紹《ニートのお坊ちゃん》が中軍校尉《ナンバー2》となっていたことで、ほとんどの人間が西園軍を先帝のお遊びと認識したのは記憶に新しい。その中でも袁紹が就いていた中軍校尉の権限はさらに不明瞭であり、結果として「数合わせ」だとか「名家閥として席を確保しただけ」という印象が強いものであった。

しかし、数合わせだろうがお飾りだろうが、袁紹は先帝が組織した近衛兵である西園軍の中軍校尉《ナンバー2》なのだ。

そして本来、西園軍の兵権は光禄勲である李儒にもなければ大将軍である何進にもない。その兵権は上軍校尉である蹇碩にあった。ではその蹇碩がいなくなれば誰がその権限を継ぐのか？　と問われたなら、誰の名前が上がるだろう？

今は「本来の上官である無上将軍《皇帝陛下》がいないから」だとか「役割が同じだから」という理由で光禄勲である李儒が監督しているが、制度上は蹇碩の補佐役としての権限がある中軍校に移るという答えが出るのも、自然と言えば自然だろう。

さらに実働部隊を率いる下軍校尉の淳于瓊は現在李儒と共に出征中であるし、典軍校尉の曹操は蹇碩に警戒されていたので兵権はないと明言されている。つまり現在洛陽にいる禁軍のうち、西園軍に所属する者たちの指揮権は袁紹にこそあると言えるのだ。

あくまで制度上の問題ではあるが、制度＝法でもあるので、そう強弁されてしまえば何進とて文句は言えない。

故に、この理屈を強弁することで、袁紹が現在洛陽にいる西園軍を動かすことも不可能ではないのである。さらに袁紹のもう一つの役職の【虎賁中郎将】というものも曲者だ。これは元々光禄勲の属官なので完全に李儒の配下なのだが、その役職は読んで字の如く皇帝直属の部隊である虎賁を率いる将である。

大枠では近衛と同一視されるので、それを指揮する光禄勲である李儒がいれば彼の命令が最優先されるが、李儒の副官であり左中郎将の李厳には虎賁や西園軍に対しての命令権は存在しない。よって袁紹は西園軍の指揮官としても、虎賁を率いる将としても宮中に押し入ることができる権限を有しているのだ。

とは言え、どれだけ屁理屈を並べても平時にこのような真似は不可能である。だが今回、何進が禁軍とはいえ兵を引き連れて参内したことで、袁紹には『何進の動きを見張る』という口実が生まれてしまった。

名家の人間である袁紹からすれば、出自の卑しい身分である何進が宮中へと参内すること自体が不敬なことである。故に『監視が必要だ』という口実を用意されれば、常日頃から何進を見下していた名家閥の人間の中から少なくない賛同者が出るのも道理と言えよう。

また、本来近衛は大将軍とは管轄が違うということを考えれば、近衛の指揮官が軍部の指揮官である何進の行動を掣肘するのは決して荒唐無稽な話ではない。無駄になってしまったが、もともと何進が左中郎将である李厳を連れてきたのはそういった連中からの反論を抑えるためでもあったので、今回の暴挙に関して李儒や何進の備えが足りなかったということではない。

完全に結果論になってしまうが、この失態は参内の準備期間中に袁紹の行動の確認を怠っていた何進と荀攸の油断から生じたものであった。

責任の所在がどこにあるかを論じるのは後にするとして。

「袁紹はどうやって兵を集めた？　どれだけの兵を引き連れている？」

何進は現状を把握するため李厳に状況の確認を取るが、事態は何進が思った以上に悪かった。

「はっ。袁紹自身が集めたのは百人程度と思われます。さらに袁紹と付き合いがある名家閥の若手が数十人加わり、それらがそれぞれ私兵を雇い入れております。その合計はおよそ五百人から六百人程度かと思われます。しかしながら……」

「しかしながら？」

李厳からの報告を聞き（五百か六百程度ならなんとかなるな）と考えた何進だが、その報告が過去形であることに気付く。

「はっ。現在袁紹に呼応して禁軍の中に宦官の抹殺に参加するものが後を断ちません。現在その数は千を超えました。どうやら連中、禁軍にも相当恨まれていたようです」

「……なるほど」

今の洛陽に於いて、袁紹のように漢のために宦官死すべし！　を標榜《ひょうぼう》する人間は決して少なくはない。いや、むしろ多いと言っても良いだろう。それは名家の場合は今までの権力争いもあるし、党錮の禁によって宦官によって粛清された者の身内や、迫害された本人等は彼らに対して恨み骨髄に至っているというのもある。実際に今の名家閥を代表する袁隗とて、宦官に対して『いずれ殺す』と公言しているし、その機会があるなら殺るべきだという声は根強くあるのだ。

また名家以外の人間の中にも、漢という国が衰退したのは宦官に原因があると考える人間は多い。そして禁軍に所属する人間には『自分とて好きで宦官を守っている訳ではない。自分たちの任務は皇宮の守護であり皇族の守護なのだ。断じて帝に寄生する宦官を守るための存在ではない』という強い自負がある。

加えて禁軍に所属する者たちの中には、宦官に友人や身内を殺されたものもいれば、女官たちに面白半分で虐げられて来た者たちもいる。故に宮中に巣食う連中に恨みはあっても恩はない。という者が大半であった。

それでも任務は任務。今まで不満があっても我慢してきた彼らだが、機会があるなら宦官や女官どもを殺してやりたいと思っていた者たちは非常に多かった。今回はそういった者たちが袁紹を止めるどころか積極的に合流してしまったのだ。結果として最初は六百人に過ぎなかった袁紹の軍勢は、今や千五百人を上回り、いまだにその数を増やしている。

こうして袁紹に加わった禁軍の者たちは袁紹に宦官や女官の隠れ場所を報告し、女官を見つけ出しては拐《かどわ》かし、宦官を見つけては無残に殺していった。さらに名家に金で雇われた兵が宮中にある財を奪うなどの狼藉を働き始め、それを見た禁軍も止めるどころか自分たちも略奪に参加するという、完全に箍《たが》が外れた状態となっており、普段優美という言葉を形にしたような後宮は、今や血臭さ漂う混沌の坩堝と化していた。

そして忘れてはいけないことがある。

「狙いは俺、か」

そう。袁紹らの狙いは宦官だけではない。何進一派もその標的であるということだ。

大前提として、袁紹をはじめとした名家閥の人間は、何進の能力を認めるか否かは別として、基本的に成り上がりの何進を嫌っている。今のところ袁紹がその最先鋒であるが、彼らの中には何進の命令を意図的に無視しようとした者もいれば、何進の弟でしかない何苗の風下に立つ気はないと言って職を辞した者もいる。

党錮の禁を解いたことに対する感謝？　そんなものはない。なにせ彼らからすれば何進のような身分の者が自分のために働くのは当然のことであり、褒めることはあっても恩に着るなどありえないのだ。良くて「よくやった」程度の思いしかないだろう。

むしろ同じ名家である荀攸や李儒が何進を動かしたと考えているので、彼らに対して感謝して多少の便宜を図るくらいである。……そんな程度の連中だからこそ彼らは大将軍府から排斥されるのだが、それすらも『何進が名家を僻《ひが》んでいる』という妄想を働かせるのだから、どれだけ救えない連中かというのは今更語るまでもないだろう。

そんな使えない連中でも名家は名家である。彼らにはそこそこの金があって、そこそこ信用があるる。今回彼らはその金と信用で兵を集め、何進の行動を監視するという名目で宮中へ乱入してきたのだ。この口実を鑑みれば、彼らの狙いは宦官の抹殺ではなく、何進の抹殺にあると考えて間違いはないはずだ。

結論から言えば、おそらく彼らは『何進が後宮に兵をもって乱入した。自分たちは何進の暴虐を止めるために動いただけだ』と言って何進を殺すつもりなのだろう。その後のことについては、彼らは彼らなりに勝算があると思われた。

ここで彼らの思考としては以下のようになる。
①ここで張譲ら宦官や何進を殺してしまえば残るのは自分たち名家閥となる。

②大将軍府？　李儒が何を言おうと、次期皇帝である劉協を抑えてしまえばそれで終わりだ。

③その後で大将軍府は解体して自身が招集した董卓や丁原などに殺させれば良い。

④荀家については多少の便宜を図る必要もあるだろうが、同じ名家として話し合いも可能だろう。

このように考えたと思われる。

……当然のことだが本来ならこのような無法が罷り通ることはない。宮中に配備された禁軍や何進が率いてきた禁軍が彼らを止めるだろう。しかし先述したように袁紹は自己の権限をフルに活用して動いているため、禁軍の者には袁紹を止めるだけの権限がなく、むしろ内心で何進に従うことを良しとしていなかった者たちが袁紹に協力を申し出たくらいだ。

なにせ彼らは、扇動する形となった袁紹ですら引くくらいの勢いで、隠れ潜む女官や宦官を見つけ出しては惨殺していったのだから、やはり宦官への恨みや、それを守護しなくてはならなかった鬱憤は非常に大きかったと言わざるを得ない。

今回の件を客観的に総括するならば、西園軍が皇帝直轄軍として組織された軍であることや、禁軍が持つ自分たちは普通の軍とは違うのだという誇り。そして袁紹という中軍校尉にして虎賁中郎将にして袁家の後ろ盾がある存在が旗頭となることで、禁軍や集めた兵士たちに赤信号を赤信号と認識させずに暴れさせることができたのが大きい。

「拙いな」

　これらの事情は、なにも袁紹に呼応している連中だけに限って適応しているわけではない。何進が引き連れてきた者たちまでもが暴徒化する危険性を孕《はら》む不穏分子と化してしまっていたことを意味するのである。

　今や何進にとって完全に信用できるのは、この場にいる李厳が直卒する部隊のみ。

（この状況で袁紹と向き合うのは危険すぎる）

　そう判断した李厳は、何進に対して交戦よりも避難を呼びかけるためにあえて禁を破って避難を促しにきたのである。

「……李厳」

「はっ」

「俺らの避難は考えなくていい。それより一刻も早く弁殿下と協殿下を逃がせ」

「兄貴!?」

「兄上!?」

「やかましい！」

　少しの黙考の後に何進が出した決断は己の避難ではなく、次期皇帝の確保であった。そのことに何后と何苗は悲鳴を上げるが、何進は声を上げて彼らを黙らせる。

「なぁ李厳。俺が逃げれば連中は追って来るわな」

「……そうですね」

「そうなりゃお前ぇらは、俺らを守りながら両殿下も守らなきゃならんわけだ」

「……そうなります」

「いざという時は、禁軍の連中は俺を殺してでも妹や両殿下を守ろうとすんだろぉけどな」

「……可能性は高いと思われます」

それどころか場合によっては率先して自分を囮《おとり》に使おうとするだろう？　言外にそう告げる何進に、李厳は否定の言葉を発することができなかった。いや、李厳個人としては何進の価値を正しく理解しているので、血筋以外の取り柄のない子供より何進を優先して守ろうとするつもりであった。だが彼の部下たちはどうだろうか？　一般的な価値観を持っていれば、換えの効く大将軍よりも貴い血の流れる次期皇帝を守ろうとすると考えるのは当然のことだ。むしろ彼らに名家や宦官の息が掛かっている者がいたり、その思想を植えつけられている者がいた場合は『皇室のために力を持ちすぎた外戚を排除する』ことを優先する可能性が高いと言わざるを得ない。

それに何進はずんぐりむっくりな体型でわかるように、単純に重い。何苗はそこまでではないが、どう考えても彼らを連れて逃げる場合は、子供を二人連れて逃げるよりも難易度は高くなる。まぁ何后の場合は劉協が確保できない場合の保険となるので、黙っていれば保護されることはあっても殺されることはないとは思われるが、何進と何苗はその限りではない。

そう考えれば、何進は二人の子供と一緒に逃げるべきではないという答えに行き着くのもわからないではない。ただ、これを何進以外の人間が言うならわかるが、こうして自分ではっきりと告げることができることが、何進が凡百の人間と違うところだろう。

「つまり俺らは逃げるだけ無駄だ。なら俺は連中に一泡吹かせることを選ぶぜ」

「……閣下」

今の何進は「無様を晒すくらいなら！」だの「誇りのために！」などという妄言を吐いているわけではない。単純に自分の死に場所はここだと判断したのだ。そんな何進の表情は、いっそ晴れやかと言っても良い顔をしていた。むしろそんな何進を見る李厳の方が泣きそうになっている。

「そんな顔すんな。……南陽の肉屋の小倅が大将軍になって、お偉い名家の連中や宦官連中と肩を並べて張り合ってきたんだぜ？　十分楽しんださ」

「兄貴……お、俺もだ！　車騎将軍だの河南尹だの未だに良くわからねぇが、それでも普段偉そうにしてる連中を見下すことができたのは事実だしな！」

「……そんなこととしてっから駄目なんだろぉが」

「えぇ!?」

何苗も何進が覚悟を決めたのを見て、何進と共に死んでやる！　と意気を吐いたのだが、その返事はまさかの駄目出しである。

（見下すんじゃなく対等に付き合っていればもう少しマシだったろうに……）

何進が抱いた心の声は「ま、今更だな」という言葉と共に流された。

「この馬鹿はまぁ良いとしてだ。李厳、とにかくお前ぇは両殿下を確保してあのクソ餓鬼《李儒》に届けろ。

それが袁紹たちにとって一番の痛手になるはずだ」

「……御意」

「兄貴?」

何苗には、ここで何故李儒の名が出てくるのかわからなかった。しかし、彼の下で研鑽《けんさん》を積んでいる李厳はそれだけで何進の言いたいことを理解したようだ。

「何苗。李儒を舐めるな。あの餓鬼はこうなることも予想して準備しているはずだ」

「「はぁ!?」」

この言葉には何苗だけでなく、ことの次第を見守っていた何后も声を上げた。その言い方では、あれだけ重用していた腹心である李儒が、一歩間違えなくとも何進に対して叛意があるような言い方ではないか。

「あぁ、勘違いすんなよ？　あいつにとって一番良いのは、このまま俺が大将軍やって他の連中を纏めて、自分が楽隠居できるような組織作りをすることだ」

「「はぁ？」」

楽隠居？　この状況で出てくるとは思えない単語が出てきて混乱する二人に対して、李厳は無言で頷いている。どうやら李厳は李儒に何進への叛意など一切ないということを理解しているようだ。

「だがアイツは生粋の策士《腹黒で外道》だ。当然第一の策が失敗した時のことも考えているだろうよ」

この場合の策の失敗とは何か？　それは道半ばで何進が死ぬことだ。今回のように袁紹の暴走だのなんだのは予想できなくとも、何進が寿命だったり病で死ぬこともあると考えれば、その時のための腹案の一つや二つは用意しているだろうというのが何進の読みである。

「で、恐らくあいつにとって一番の援護になるのが両殿下の確保ってわけだ」

「……なるほど」

ここまで言われれば李厳でなくともわかる。何進は己の命を使って張譲や袁紹を殺す気なのだ。しかしここで両殿下のうちのどちらかを彼らに握られた場合どうなるか？　彼らに恩赦を出されたりするだけではない。確保した殿下（二人確保できた場合はほぼ確実に劉協）を次期皇帝とし、それを後ろ盾として何進がいなくなった大将軍府を接収し、李儒らの命を狙うだろう。ならばここで両殿下を逃がしてそれを封じるというだけでも、残った大将軍府の人間には十分な援護となるのは間違いない。

「わかったら行け。どぉせあの野郎から抜け道については知らされてんだろ？」

「はっ」

将作左校令である李儒は当然のことながら宮城の図面を見る権限がある。その権限を利用し、さらに自身の経験から「必ず皇族専用の抜け道がある」と確信していた彼は、図面の中にある不自然なスペースや何やらを調査することで、皇族と大宦官と呼ばれるような者しか知らないような抜け道までも網羅していた。

そしてその抜け道情報は『警備に必要だ』ということで李厳にも伝えてある。

李厳はその抜け道を使って何進たちを逃がそうとしたのだが、その何進は逃げても自分が足手まといになることを自覚している上に、自分たち以外にその抜け道を知っている人間に心当たりがあるので、そいつらを片付けてやろうという気になっていた。

「抜け道のところに武器を用意しておけ。そうしたらできるだけ時間は稼いでやる。お前ぇはお前ぇの仕事をしっかりやれや」

「はっ！」

「あぁ、それとだな」

「？」

自らの死を覚悟して、李厳に大将軍としての最後の命令を下した何進だが、ここに至って何かを思い出したようで気恥ずかしそうに視線を逸《そ》らして鼻の頭を掻いている。

そんな何進の様子を見て、李厳も何苗も何后も「いきなりどうしたんだ？」と不思議そうな視線を向ける。それに耐え切れなかったのか、一つ大きな溜め息を吐いて李厳を見ると心持ち早口で告げる。

「時間は稼いでやるし、あの餓鬼の策にも協力してやる。だから……『せめて孫の面倒を見てやってくれ』と伝えてくれ」

「……っ。かしこまりました！」

決まりが悪いのか、恥ずかしそうにそう言って視線を逸らした何進からの最後の命令を受けた李厳は、一刻も無駄にはしないと決意して一礼した後、足早に退出していく。

「……兄貴」

「……兄上」

「うるせぇ！」

あれだけ恰好をつけていた兄の最後の望みが孫の心配とは。そう考えて思わず破顔する二人に対して、何進は顔を真っ赤にして怒鳴り散らす。まぁ迫力もなければ威厳もへったくれもないので、二人の笑顔がさらに深まるだけに終わったのはご愛嬌《あいきょう》と言ったところだろうか。室内には追い詰められているとは思えないほどの和やかな空気が流れるも、それも束の間。外の喧騒が少しずつ聞こえてくるに連れて、徐々に三人の表情は固くなっていく。否、表情が強張っているのは何后だけであり、何進と何苗は何が楽しいのか笑みさえ浮かべていた。

「さて、そんじゃ最後にひと暴れすっかね」

直接荒事に参加するのは随分久しぶりだぜ。と言いながら何進が肩を回せば……

「へへっ。俺は将軍なんかよりこっちの方が得意だぜ！」

元々血の気が多い破落戸のような生活を送ってきたのだ。今更命懸けの喧嘩に怖がる何苗ではない。むしろ「これからが本番だ！」と言わんばかりにテンションを上げている彼は、まるで憑き物が落ちたような顔をして武器になりそうなものを探していた。

「……まったくこの殿方共ときたら。もういい歳なのですから、もう少し落ち着いたらどうですか？」

「『やかましいわ！』」

「まったく、もう」

この期に及んで生き生きとしている二人の兄を見て、嬉《うれ》しいやら悲しいやら。涙ぐみながらも、二人の兄の姿を忘れまいと、何后は視線を逸らすことなく二人の背を見守っていた。

「孫は託した。連中に対する意趣返しもした。もう憂いはねぇ」

「おうよ！　一人でも多く道連れにしてやるぜ！」

「名ばかりの小僧に玉なしどもが！　食肉加工業者舐めんなよ！」

庶民から成りあがり天下を差配するまでに至った何進。その最後の戦いが始まろうとしていた。

八

「どうしてこうなった？」

悪名高い宦官の中でもさらに悪名際立つ十常侍。その筆頭として長年後宮において権力をほしいままにしてきた張譲は、この日もう何回目になるかわからない自問を繰り返す。

確かに彼は今回行われた何進の参内に合わせて彼を暗殺するために、食事や飲み物はもちろんのこと、彼らが使うであろう食器などに毒を塗ったり、その毒を回避した場合に備えて自分たちに従う禁軍の連中の囲い込みを行ったりと、様々な準備をしていた。

だが食器に塗った毒に関しては、何進は出された物を一切口にする気配はなかったし、それどころか何苗や何后に対して『食器も危険だから触るな』と注意を促す余裕まであったとの報告を受けているので、第一案であった毒殺には期待できないと判断せざるをえなかった。

毒殺の失敗に臍《ほぞ》を噬《か》む思いだったが、張譲らは『まだ兵士による実力行使という手段がある』と己に言い聞かせながら、何進を討つ機を窺っていたのだ。

……しかし現在、事態は何進の暗殺どころではなくなってしまった。

あろうことか敵とさえ見ていなかった袁紹《お坊ちゃん》が兵を率いて宮中に乱入してきたのだ。それだけではない。袁紹は己の権限を最大限に活用し、禁軍を掌握して、元から宮中にいた者たちだけでなく、何進が用意した禁軍の連中までも扇動して宦官狩りを行っているではないか。しかも袁紹らは主目的を帝の確保ではなく、自分たち十常侍を含めた全ての宦官の抹殺であると公言している。

「逃げるしかない」

ことここに至っては何進の暗殺等と言っている場合ではないと判断した張譲らは、今更自分たちを裏切れない禁軍ら一〇数人を護衛として一目散に逃げることを選択した。

一目散と言っても最低限（と自分たちは思っている）の私財を持っての逃走なので、その準備に多少の時間が掛かってしまったが、それでも何もできずにウロウロしたり、隠れ潜んで面白半分に殺されている連中に比べたら迅速な行動を取ったといっても良かっただろう。

だが彼らはその無駄な動きが災いし、自分たちが権力を握るために必要不可欠な存在である劉弁や劉協を確保することができなかった。

これには元々何進の指示により李厳の配下が彼らを確保していたということもあることに加え、事態を重く見た何進が自分よりも彼らの退避を優先したという事情があるので、一概に張譲らの行動が遅かったとは言えないのだが、結果は結果。

張譲の最大の誤算は、劉弁や劉協を確保した李厳に対して張譲らが持っていた『皇室の人間しか知らない抜け道を知っている』というアドバンテージがまったく意味をなさなかったことだろう。

彼らの道案内を必要としない李厳は、宦官たちを無視してそのまま洛外に退避してしまったのだ。

流石の張譲もそこまでの経緯は知らないので、確保された二人は抜け道を使って洛外へ逃げるのではなく、普通に裏門かどこかから逃げ出して大将軍府へ向かったであろうと当たりを付けていた。

それも常識から考えればそれほど間違った考えではない。

なにせ大将軍府は正真正銘何進の城である。あそこまで逃げ切れば袁紹の権限は及ばなくなるのだ。よって何進の立場で考えれば、真っ先に大将軍府へと避難し、自身の安全を確保した後で大将軍府の兵を動かして袁紹を殺すか、董卓を迎えに行った李儒が兵を引き連れて戻ってくるのを待ってから、袁紹一派を殺せば良いだけの話となる。張譲としても袁紹が死ぬのは良いと思う。むしろ自分が惨《むご》たらしく殺してやる！　とすら思っている。

だがそれ以前に、ここで自分たちが逃げ延びることができなければ意味はないということも重々理解していた。袁紹らは宦官を殺すつもりなのだ。故にここで抵抗を諦めて投降したとしても間違いなく皆殺しにされてしまう。そう考えれば、張譲らが『今は劉弁も劉協も放置して一刻も早く避難しなければならない』という結論に至るのも当然と言えば当然の話であった。もちろん帝や皇后、もしくは皇太子の庇護がない宦官が宮中から外に出たとしても、無事に生き延びることができるかどうかは今回の件とは別の問題であるが、それとて今を生き延びてからの話。

「……どうしてこうなった？　黒幕は誰だ？」

脱出した後に待ち受けている地獄については考えないことにして、まずは目の前の地獄から逃げ出すことに専念すると決意した張譲は、抜け道がある部屋が近付くにつれて、何度も自問しながら今回の件を脳内で反芻《はんすう》していた。

宮中侵犯という大罪に対する罰といえば、一族郎党の処刑以外にない。袁紹は何やら詭弁《きべん》を弄しているようだが、彼が何を囀ずろうと両殿下の確保に失敗した以上、袁紹はただの狼藉者でしかないのだ。こうなってしまえばいくら袁隗が『袁紹が勝手にやったことだ』と言っても、言い逃れはできない。確かに袁隗らも何進や宦官を除きたいと考えていただろうが、そもそも政治の化物たる彼は我慢を知っている。今回のような賭けをするような人物ではない。袁隗を良く知る張譲だからこそ袁家の線はないと判断できる。

「我ら宦官と何進を殺害しつつ、袁家を除く策。ならば糸を引くは……荀家か！」

今回の袁紹乱入の黒幕は、宦官や袁隗の敵。つまり大将軍府に於ける何進の知恵袋である李儒か荀攸の可能性が極めて高い。

「見誤った。奴らは何進に隠れてこの機会を窺っていたのだ！」

実際、彼らが袁家と宦官を滅ぼし、さらに何進を除くために今回の策を立てたと考えれば、筋が通る。他の可能性としては、何進が単独で名家と宦官を潰し合わせる策を遂行したのではないか？　というのが思い浮かぶが、これも結果は似たようなものだ。

また、状況証拠の一つとして、何進が引き連れてきた二千名もの禁軍の存在がある。

これは何進の警護だけでなく、袁紹が暴走した際に両殿下の確保をしつつ、袁紹の味方として宦官を殺させるために何進が用意した。もしくは何進も殺すために荀攸が用意したと考えれば辻褄《つじつま》が合う。

「おのれ！　肉屋の小倅に尻尾を振る小僧どもがっ！」

真偽はどうであれ、張譲は今回の袁紹の乱入には何進の一派が裏で糸を引いているということを確信し「してやられた！」と奥歯を噛みながらも、今は生き延びることが最優先と意識を黒幕の断定から生還することに向けることにした。

（一刻も早く洛外に逃げ出して袁紹の暴走をやり過ごし、その後で劉弁と劉協に対して『今回の件は何進一派の策謀である』と言い聞かせ、場合によっては劉弁を暗殺してでも何進一派を殺す！）

張譲はそう心に決めていた。

ここで彼とかち合うまでは。

「よぉ張譲。そんなに急いでどこに行く気だ？」

「「げぇ!?」」

張譲らが必死でたどり着いた外への逃げ道がある部屋には、先客がいた。それも、つい先程まで『必ず殺す！』と心に決めた相手。

「何進！　何故貴様がここにいるのだ！」

「………………」

張譲らが駆け込んだ部屋は、皇族や大宦官のみが知るはずの抜け道の入口がある部屋であった。皇帝とその一行が脱出する抜け道を隠すという意図もあるこの部屋は、一見すれば多少広い倉庫のような造りとなっている上に、特に目立つような物も置かれていないので、知らない者が見てもただの『空の倉庫』としか思わないように造られている。

ただ、皇帝や宦官がその身一つで逃げ出すわけもないので、それなりの数の人間が財貨を抱えて来ても不自由しない程度の広さがあるため、多少目端が利く者は違和感に気付くかもしれないが、そもそもこの部屋は後宮の奥にあるので、外部の者がこの部屋の存在に気付く可能性は皆無なはず。

そういった思いを込めて声を上げた張譲であったが、何進には張譲の疑問に答える気はない。

「ち、張譲様の質問に答えんか！　これだから礼も知らぬ田舎も……『死んどけ』……のべらっ!?」

自分たちより先に部屋の中にいた何進の姿を見て一斉に悲鳴を上げた宦官に対し、何進は小型の鉈《なた》のような刃物を投げ、あっさりと殺害する。その様子を見た張讓は死んだ同僚には目もくれず、即座に護衛として連れてきた禁軍の兵士の陰に隠れ、この場を確保するために自分たちに先行した禁軍や宦官たちの死体の上に片膝を立てて座る漢《おとこ》に再度声をかける。

「何故だ？　何故貴様がここにいるっ!?」

何度も言うが、この抜け道は皇族や長年宮中に仕えていた張讓ら大宦官しか知らない抜け道である。その入口となる部屋に何進のような下賤な人間がいるというのが張讓には理解できないし、それ以上に、この鉄火場に何進がいる理由がわからなかった。

抜け道のことを知っているならさっさと逃げ出して洛外に行けばいい。知らなくても両殿下と共に大将軍府へ帰還すればいい。

（それなのに、何故こいつがここにいるのだ!?）

何もかもが理解できない張讓は、思わず声を上げていた。さらに言えば自身が目の当たりにしている何進は、張讓が知る尋常ならざる謀略家のものでもなければ、油断も隙もない政略家のものでもない。今の何進はその身から滲み出る殺意を隠そうともせず、純粋な『暴力』を体現するかのような雰囲気を纏っており、長年彼を敵としてきた張讓も初めて見るほどの威風を醸し出しているではないか。

（これは本当に自分が知っている漢なのか？）

何故、何故、何故。

様々な疑問を含めて問いかけた張譲の問いに対する何進の答えは、至極単純なものであった。

「あぁん？　何故ってお前ぇ、そんなのお前ぇを殺すために決まってんだろぉが」

「なんだと、この肉屋のこせ……「うるせぇよ」……ガラバッ！」

「「「……!?」」」

洛陽の澱みを泳いできた張譲ですらも思わず後ずさるような威を撒き散らす漢は、心底馬鹿にするかのような声で張譲の問いに答えつつ、その答えを聞いて頭に血が上ったのか張譲に変わって声を上げようとした宦官に対して、先ほども見た小型の鈍のようなものを投げつけて絶命させる。

「あぁ～あ。本来は足を壊してから逆さ吊りにして、それから頭なんだがよぉ」

「……なんの話をしている？」

突然の登場と殺害による驚愕《きょうがく》で禁軍も周囲の宦官も動きと思考が止まる中、その実行犯である相手とこうして会話ができるだけでも、張譲という男は傑物であっただろう。

だがその張譲をして、己の手で頭を砕いて絶命させた宦官を見て、何やら失敗したかのように語る彼には違和感しかない。

（これは、何だ？）

目の前にいる漢から感じるそれは、拷問して殺したいとか、恨みを晴らしたいだとかそういう感じでもなく、殺意はあるものの、それは恨みやら何やらに起因したものではない。言ってしまえば「殺すべき対象を殺しただけ」という無機質な感じが垣間見える。その上、殺害対象であるはずの宦官を殺しても何の感慨も湧いていないようにも見えた。

張譲の知っている人間でいえば、粛々と目的を殺すことを考える腕の立つ殺し屋に近いが、あれは自らを道具と割り切っているからこそそのものであって、言ってしまえば【使われる立場の者】だからこそ至れる境地である。そして張譲が知るこの漢は、出自はともかくとして分類するなら間違いなく【使う者】に分類される人物だ。そしてその【使う者】は部下に殺させることが普通であって、自らの手は汚さないのが基本である。そんな彼らが手を下す場合は「何が何でも己の手で殺してやる！」という激情があって初めて手を下すと言っても良い。だが目の前の漢からはそのような気配は感じない。

だからこそ張譲は「これは何だ？　目の前の相手は自分が知る漢なのか？」と惑うのだ。

だがそれは張譲の都合でしかない。確かに分類するなら何進は【使う者】だ。だが使う相手は文官だ武官だという張譲が知る類の人間ではなかった。

「知らねぇのか？　肉ってのはなぁ。ただ殺すだけじゃねぇんだ。旨い肉を作るには殺す前の血抜きってのが重要なんだよ。で、その方法が殺す前に逆さ吊りにしてから頭を飛ばすのが正当な順序だってだけの話さ」

「「「……」」」

獰猛《どうもう》な笑みを見せながら、ポンポンと大きな牛刀のような武器を弄ぶ漢は、淡々と食肉の作り方を語っていく。それは「宦官だろうと禁軍だろうと、自分の前ではただの肉に過ぎない」という宣言。

「……しかし自分で殺るのが久しぶりで流石に勘が鈍っているみてぇだ。いやはや、隠居したら元に戻るのも良いと思っていたんだが、この様じゃもう食肉加工業者は名乗れねぇな」

そして漢は自らを食肉加工業者と名乗る。

そう、彼は確かに【使う者】だ。しかし今の彼が【使う】のは破落戸か、良くて職人だろう。将軍？　武官？　そんなのは破落戸の延長に過ぎん。

その証拠に自分は大将軍として君臨できたではないか。食肉の加工業より大将軍の方が楽だと嘯くことができるのは、彼が現役の大将軍だからこそだろう。

「肉屋の小倅が……」

ここにきてようやく目の前に立つ漢が何者なのかを理解した張譲は、忌々しげに漢が今まで言われ続けていた蔑称を口にする。しかし今、張譲の目の前にいる漢は、今さらその程度の蔑称を言われたところで、目くじらを立てる狭量な存在ではない。

「……あぁそうだ。前々からてめぇらに言おうとしてたんだがよぉ」

狭量ではないのだが、それはそれとして、彼は自身の蔑称に対して言いたいことはあったらしい。

「……なんだ？」

「いいか。俺の家は肉屋《小売業者》じゃねぇ！　食肉加工業《大規模卸業者》なんだよっ！」

「「……………」」

大将軍・何進遂高。彼は卸問屋である食肉加工業者と小売業者である肉屋には大きな違いがあることを理解していない名家や宦官達に対して、随分とストレスを溜めていたようだ。

これは袁紹が『自分と李儒を同じ名家扱いするな！』と叫んだり、張譲が『自分をその辺の宮刑を受けただけの宦官と一緒にするな！』と激昂するのと同じ類のモノだが、どれも部外者からしたらどうでも良いことである。

元々蔑んでいた漢が、今や大将軍としての気位も何もかもを捨て去って破落戸に戻った。

そう理解した張譲は、漢に対しての警戒よりも蔑みの目を向ける。

「獣か。ならばもはや語る言葉などない」

いと高き御方の権威を利用することで生きていた張譲にしてみれば、権威を投げ捨てた一人の人間など自分が命じれば殺せるだけの存在でしかなかった。宦官として生きてきた彼の価値観を考えれば、こういった結論になるのも、ある意味当然のことである。

「はっ。今さら何を抜かしてやがる」

だが人間というのは、肩書きやら何やらをとっぱらった時が何より恐ろしいのだということを、張譲は理解できていなかった。そして、権威や肩書きをとっぱらった時に、自分には何も残ってないこともまた自覚できていなかった。

だからこそ彼らは簡単に死んでしまう。

ドンッ！

「アギャ!?」

そんなあまりにもどうでも良い宣言に言葉を失い、動きを止めた張譲らに対して物陰から鈍のようなものが襲いかかる。

「段珪っ！」

これまで十常侍が一人として思うがままに権力を振りかざしてきた段珪は、その鈍を腹部に受け自身の内臓が零《こぼ》れ落ちる様子を見て、絶望した表情を浮かべながらその生涯を閉じた。目の前の何進に集中しすぎたために、物陰に潜んでいたもう一人の食肉加工業者に気付かず、隙だらけの姿を晒していたのが彼の死因であった。

「おいおい、苗よ。先に張譲の足を切れよ」

「え？　あぁそれはすまん。でもよぉ、兄貴ももっとはっきり言ってくれねぇと」

「そのためにわざわざ足の話をしたんじゃねぇか」と愚痴を零す何進に対して「馬鹿な俺に含みを持たせた会話がわかるわけがないだろ」と返すのは、張譲が離間計を施して何進との仲を裂き、さらに酒宴やら何やらを施すことによって自分たちの操り人形としたはずの何進を上回る田舎者であった。

「何苗!?　何故貴様がここにいるっ！」

「何故って、お前。そもそも兄貴を説得するために俺を宮中《ここ》に招き寄せたのはお前だろうが」

「くっ！」

言いたいのはそういうことではない！　と声を荒らげたいところだったが、張譲は前後から挟まれた以上、兵士の陰に隠れていた自分も決して安全ではないことを理解していた。その上、前面にいる何進から注意を逸らせば、すぐさま何進によって殺されてしまうかもしれないという恐怖が、張譲の動きと思考を阻害していた。

（そもそも何進がいること自体が計算外なのに、何故この男までもがここにいるのか。それにあれだけ何進に対する不満を零していたにもかかわらず、何故こうして当たり前のように何進の側に立つのだ）

何故田舎者らしく張譲らを雲上人として恐れていたはずの男が、何故こうして自分たちに刃を向けるのか。

何故何故何故何故………。

張譲が今日犯した最大の失敗は「戦場では動きを止めたものが死ぬ」ということを知らなかったが故に敵を前にして思考に集中することに陥ってしまったことだろう。

ドンッ！

「ぎ、ぎゃぁぁぁぁぁぁぁぁぁ！」

「張譲さ…『お前もだよ畢嵐《ひつらん》』…バッ！」

何事も計画通りにいかず、棒立ちになった張譲の足に何進が弄っていた鉈が突き刺さる。流石に切断まではいかなかったが、元々が年寄りであり、か細い張譲だ。間違いなく足は砕かれた。そし

て倒れる張讓に声をかけた畢嵐は、張讓以外は殺しても良いと言われていた何苗の一撃を頭に受けて、その命を落とした。腹を切り裂かれて苦しんだ段珪や足を砕かれる激痛に見舞われた張讓と違い、即死できたことが彼にとっての唯一の救いだったかもしれない。

「うぐわぁぁぁぁぁベシッ！」

「ひぃひぃひぃヒデブァ！」

「た、たたたたすけテヮバッ！」

「う、うわ！　うわ、うわらばっ！」

痛みで動けない護衛対象のそばを離れられない禁軍たちは、正面の何進と後ろの何苗に挟まれたことでさらに動きを封じられ、痛みに転がる張讓を囲むように陣を組むものの、彼らの射程外から投じられる鉈によって次々と命を落としていく。

もしここに足手まといである張讓らがおらず、しっかりと兵士として動けたならば、彼らは何進も何苗も殺すことができただろう。だが個人的な武の素養はともかく、破落戸の喧嘩では刃物や石を投げるのは基本中の基本だし、致命傷を負った敵を殺さずに、あえて残すのは兵法の基本でもある。その二つを実践した二人の前に、張讓によって買収や脅迫されたことで従っていた禁軍は抗する術も持たず殺されることになった。

そうこうして死体が溢れる部屋の中、残るは「足がぁ！　足がぁぁぁぁ！」と騒ぐ張讓とそんな彼を見下すように眺める何進と何苗の三人だけ。

「うるせぇなぁ。苗、もう一本やっとけ」

「あいよ」

痛みを訴える張譲に同情の視線など向けるはずもない二人は、血抜きに失敗した肉を見るかのような目を彼に向けると同時に、眼前で痛みに騒ぐ老害に対して、何かの奇跡が起こっても絶対に逃げられないようにするため、彼の足を奪う。

「ぎゃぁぁぁぁぁ!!」

牛刀がドンッ！　と振り下ろされ、張譲の左足が膝の上あたりから失われた。

「あ、こいつ漏らしやがった。汚ぇなぁ。もぉ」

「ま、宦官はいっつも小便臭ぇからなぁ。とりあえず縛っとけ」

「はいよ」

無事な方の足に牛刀を下ろされて完全に切断されてしまい、張譲は痛みで泡を吹いて気を失ってしまう。何苗は気を失った張譲の太ももをきつく縛り、簡単な止血を施した。ちなみに彼らが行っているのは治療などではない、これから彼には地獄が待っているのだ。それを味わう前に死なれては困るので、こうして簡易に延命処置を施しているに過ぎない。

「さて、随分時間が経ったが、そろそろ来るか?」

「あぁ、こんなに騒いだらここもばれるよな」

こうして張譲らを片付け、袁紹を待つかのような時間的な猶予があるにもかかわらず、何進らがこの場から逃げ出さなかったのには、彼らの意地以外にも様々な理由がある。まず懸念すべきことは、袁紹らがここに到着した際に『何故張譲がここにいたのか？』と考えた彼らが抜け道の存在に気付くことだ。抜け道の存在に気付いてしまえば、袁紹は必ずや追っ手を差し向けるだろう。そしてすでにここから離れている李厳らだが、そもそも両殿下を連れている以上、その動きはどうしても遅れるし、洛外にあるといわれる牛車だって追っ手の足と比べたらどうしても鈍いものにならざるを得ない。

ならばと馬に二人乗りしようにも、そもそも脱出先に馬があるかどうかがわからないのだ。と言うよりも、宦官や帝が乗れないのに馬が用意してあると考えるのは危険であった。逃走に不明瞭な点が多すぎたことに加えて、何進たちには走って逃げるだけの体力がない。つまり普通に逃げても高確率で全員が捕まってしまう。

故に何進は『足手まといでしかない自分を捨てて両殿下を逃がせ』と李厳に命じたし、李厳もまたそれに従ったのである。

それに、元々袁紹は成り上がり者である何進と薄汚れた宦官である張譲らを殺すことを目的として動いている。そこで何進と張譲が争った後を見つけたら、必ず何進を追ってくるだろう。だがここに逃げ遅れた（と思わしき）何進がいたらどうなる？

答えは簡単だ。

「ここにいたか何進！　それに段珪と畢嵐も！　そしてそれは……おぉ！　そこな老人は張譲か

っ！」

今回の事態を引き起こした元凶が、自身の兵を連れて件の部屋に乱入してくると、まずは何進を見てニヤリと笑い、次いで標的であった十常侍が倒れ伏している様を見て喝采を上げた。

「……袁紹ぉ」

「おぉ何進よ。露払いご苦労。下賤の者にしては良くやったと褒めてやろう。後は安心して死ぬがいい」

「手前ぇ。何様のつもりだ」

「私が何様か？　ふっ。貴様ごとき下賤の者にはわかるまい」

完全に大将軍に対する言葉遣いではないが、今の袁紹は中軍校尉・虎賁中郎将として禁軍を指揮している立場である。

自身が仕えるは帝のみ！　と嘯く彼には何進などただの肉屋の小倅に過ぎないのだ。

まして数百の禁軍によって囲まれている何進と、その禁軍を指揮する自分。

袁紹にとっては、この完全に自分が上位者である今の構図こそが漢という国のあるべき姿だと確信しているので、何進の殺気を受けても恐れ入るどころか哀れな獣を見るかのような目を向けるだけであった。

〜〜

漢の腐敗を生んだ元凶の一つ、十常侍は張譲と念のためにと避難していた趙忠を残して全滅し、宦官そのものも趙忠とともに避難した少数以外の者は皆が殺された。

女官たちは拐かされ、後宮にあった財のほとんどは賊によって失われたと言われている。そして現場に残っているのは、平民出身の大将軍である何進と名家として名高い汝南袁家の袁紹のみ。

後世『嘉徳殿の乱』と謳われることになるこの騒乱は、ここに終局を迎えようとしていた。

九

多数の死体が転がる部屋に於いて、袁紹は多数の兵を率いて自分の上司であった何進を囲み、そして見下していた。尤も多数の兵といっても、彼がこの場に引き連れてきた兵の数は自分で集めた軍勢のおよそ半分である五十人程、それと他の名家の若者たちやそれに従う兵士が三百人ほど、さらに袁紹らが万が一にも両殿下に手を出すことがないように監視するという名目で、最低限のプロ意識があった禁軍が百人ほどついてきたので、合計すれば四百五十人程度であった。

ただこの中で最後に挙げた禁軍には何進を殺す理由がない（同時に何進を守るつもりもない）の

で、袁紹に従うのはまともな戦を知らない三百五十人だけとなる。しかしながら相手はたったの二人。即ち状況は二対三百五十。この時点で袁紹の私兵は『勝ちが決まっている』という油断からか構えも動きも隙だらけであった。

たった二人の敵を相手に数で圧倒していることで、兵士同様に隙を晒してドヤ顔している袁紹には理解できていないことであったが、結論から言えばこの程度の質の兵を三百五十人程度集めたくらいでは、今の何進を囲むにははっきり言って少なすぎた。

この程度の包囲では、それなりの戦場を経験している武官ならば当たり前のように蹴散らして一点突破されるだろうし、張遼《ちょうりょう》だの李厳といった本物の武人が相手ならば包囲を突破されるどころか一人で皆殺しにされる可能性さえあるだろう。

李儒なら？　彼がいたらそもそも禁軍は袁紹の味方などせずに袁紹を殺しているし、それ以前に彼はこんな状況にならないように動くので無意味な仮定と言える。

そういった前提を廃して李儒が純粋な武人として動くとすれば……自分を包囲している人間の中から有無を言わさず数人を選出し、その数人を徹底的に嬲《なぶ》り殺しにする。そしてその様を見せることで相手の心をへし折って『で？　貴様等は何をしている。さっさと袁紹を捕らえろ』とでも言って袁紹の暴走を終わらせていると思われる。

その拷も……戦闘を邪魔するために李儒に対して襲い掛かることができる兵士がいたら？　その勇者は何の苦しみもなく死出の旅に行けるという幸せを享受できるはずだ。

つまるところ『普通に戦場を経験していて、戦場で生き延びるために真剣に武を磨いた存在』に対して、現在袁紹が準備した軍勢モドキは何の役にも立たないということである。

そしてこの場における彼らの標的である何進は、宮中にいる宦官や文官のように暴力に免疫がない文弱の徒ではない。腐っても大将軍ということで、どこぞの腹黒とその部下たちから徹底的に自衛のための武を仕込まれた武人でもあった。

(獲物を前に舌なめずりってか？　この三流どもが)

武人として鍛えられた何進から見たら、今の状況は想定していた最悪の状況よりは悪くない。いや、それどころかこれ以上ない状況であると言えた。

とは言ってもそれは『生き延びる可能性ができた』とか、そういう類のことではない。

何進は李厳に対して自分が避難しなかった最大の問題として挙げたように、自身に体力がないということを自覚している。よって自分がこの場で三百五十人の兵士を殺しきることが不可能だというこうこともわかっているし、適当に殺した後で逃げたとしても追っ手が生じるので逃げ切ることも不可能だということもわかっている。客観的に見て絶体絶命の状態だということも、だ。

それでは何が好都合なのか？

決まっている。それは地獄への道連れを増やすことができるということだ。

張譲の足を奪ったあと、袁紹がこの部屋にやってくるまで座っていたのも、別に恰好をつけていたのではなく体力を温存させるためだし、李厳が用意していた後宮の調理場にありそうな銚を投擲《とうてき》武器として使ったのも、ただでさえ少ない体力を消耗しないようにするためだ。そのおかげで、今の何進や何苗は袁紹の前に張譲やその護衛を殲滅《せんめつ》したあとであっても多少腕が疲れた程度で済んでいる。

（最期の祭りの相手にはちょいと物足りねぇがな）

そう思いながらも、何進はこの場に一騎当千と言えるような武人がいないことを喜んでいたのであった。

〜〜〜〜〜〜〜〜〜〜〜〜〜〜〜〜〜〜〜〜〜〜〜〜〜〜〜〜〜〜〜〜〜〜〜〜〜〜〜

「で、クソガキ。ココに何の用だ？」

「……口の訊き方に気を付けろ。いや、下賤の者には……『ギャッ！』……何っ!?」

「質問に答えろや」

「ぐぇ!?」

「バギャッ！」

何進の問いかけに対して尊大な態度で応えようとした袁紹だが、その口上の途中で自分の近くにいた兵が次々と殺されていくことに驚愕してしまう。さらに動きを止めて悲鳴が上がった方向を見やれば、数人が投擲された鉈によって頭を勝ち割られていたり、腹を裂かれていていた。

「ぎゃー！」

「な、なんで……」

「こんなの聞いてねぇ！」

「え、袁紹さまぁ……」

頭を割られて即死できた者は良い。だが、腹だったり腕だったり足を破壊された者は襲い来る痛みを耐えることなどできず、自分を誘った袁紹に縋《すが》るような、咎めるような視線を向ける。彼らは雑兵ではない。袁紹から『圧倒的な力で以て下賤の者に誅を下すだけだ』と言われて、勝ち馬に乗るために参加した名家の者たちだ。

「何進っ！　貴様っ！」

自身が苦心して集めた友が次々と殺されていくことに怒りを覚える袁紹だが、何進にとってこの場にいる以上は全て敵。袁紹はその首領なので、彼の事情など知ったことではない。そういった考えもあって、普通の兵よりも身なりが良い者を狙って攻撃を加えていく。

禁軍を狙わないのは無駄に敵を増やす気はないからだ。

「あん？　黙って殺される阿呆がどこにいるってんだ？　そこの張譲でも自分が殺されそうになったら反撃するだろうよ。そんな敵を目の前にして、ぬぼーっと隙を晒すのが悪りぃんだろうが」

「まったくだ。これだから喧嘩も知らねえガキは駄目なんだよ」

「何苗ッ！」

下賤の者の更に下。そう判断して完全に眼中に入れていなかった何苗にまでガキ扱いされた袁紹は怒りで顔を赤くするが、社会的には車騎将軍であり河南尹である何苗の方が上である。よって彼にガキ扱いされて怒ること事態が間違いなのだが、家柄が全てと考える袁紹にはそんなことはわからないので、ただただ『己が不当に貶められた』と考えて頭に血を上らせるだけであった。

「うぅ……」

「あ、あぁぁ」

「痛ぇ、痛ぇよぉ！」

「俺の腕が、俺の腕がぁぁ！」

「おのれおのれおのれおのれおのれぃ！　よくも下賤の者が我が友を！」

（無駄に声を上げる前に動けよ）

こういう所がガキだというのだが、本人は気付いていない上に、何進も何苗も敵の大将は阿呆の方が都合が良いので黙々と武器を投げつけていく。

「何をしている！　殺せ！　今すぐ全員で攻めかかって奴を殺せぇ！」

「……無理です」

「な、何!?」

最早マウント取りなどどうでも良い。友の仇を討つのだ！　と周囲の兵士に発破をかけるも、肝心の兵士たちが動かない。それどころか最初の半包囲すら解けている状態だ。

それに対して「何をやっている！」と怒鳴り声を上げる袁紹だが、これは完全に袁紹の想定ミスである。そうして面と向かって命令を拒否されたことに驚愕する袁紹に対し、彼に雇われた兵士が袁紹のミスを指摘することで、状況を正しく認識させようとする。

「良いですか？　まずあの者たちは袁紹様が雇った兵ではなく、袁紹様のご友人の方がお雇いになった者たちです」

「う、うむ」

「ですので、彼らはご友人の命を優先しなくてはなりません」

「そ、そうか。それはそうだな！」

流石の袁紹もこの状況で『友人などどうでも良い！』とは言えない。というか、何進の命よりも名家の出身である自身の友人の命を優先するのは当然だという考えがあるので、彼も護衛の意見に異を唱えることはなかった。実際問題、周囲の兵にとっては自分たちの雇い主が攻撃を受けているのだが、所詮彼らは今回のために金で雇われた兵士なので『よくも！』と前に出ようとは思わない。

いや、最初は雇い主の仇を討とうとした者もいたのだ。

だが大した実力があるわけでもなく、宦官などを殺して調子に乗っただけの破落戸でしかないその男は、一歩踏み出したと思ったら飛んできた鉈で頭をカチ割られてしまった。

同僚のそんな死に様を見せつけられた袁紹の友人の私兵たちは、完全に委縮してしまい『雇い主を守る』という大義名分を盾に受動的な行動を選択せざるを得ない状態になってしまっているのだ。

これを不義理となじることはできないだろう。誰だって死にたくはないし、一応の名分があれば人はそちらに流れるものなのだから。

「……なるほどなぁ」

張譲の時もそうだったが、圧倒的な優位にありながらも怯えた目をして動かない敵を見て、何進は自分に『攻撃を加えることで死者を作るよりも負傷者を作るように』という戦場の知恵を授けた腹黒にして外道な部下の性格の悪さを再認識していた。

何進の、というよりかはこの時代の一般的な軍人の価値観で言えば、敵の総大将や指揮官は殺すか捕えるかするものであって、中途半端な負傷をさせて放置するモノではない。李儒の教えはその思考の隙を突いたと言える。

問題はその思考の隙を突かれた袁紹だ。

「で、ではこのままどうしようもないというのか！」

まさかここに来て『向こうの行動が予想外だったので動けませんでした』などと言っていては目的を果たすどころではない。袁紹の名誉は間違いなく地に落ちることになる。そうなった場合、袁術らが自身に向ける目を想像してしまうと、袁紹は「友人の保護などどうでも良いから行け！」と叫びたくなる。

それに自分の友人たちを守るために周囲の兵士が動けないというのなら、自分の兵士たちとて条件は同じである。いや、選ばれし名家の人間である自分を守る必要があるのだから、兵士たちには友人たちよりも防御に専念させる必要がある。

「いいえ」

しかしそれは事態の硬直を意味する。流石の袁紹も時間を掛ければ大将軍府から援軍が来る可能性を理解しているので焦りを覚えるが、彼に雇われた兵士はそこまで阿呆ではなかった。

「な、何か策があるのか？」

「策も何も。何進が投げる武器がなくなったら襲えば良いのですよ。投擲武器がなくなればご友人も無事ですからね」

「お、おぉ！」

確かに彼らは思考の隙を突かれたが、だからと言って黙って殺されるだけの存在ではない。というか、何進や何苗が投げる鉈も無限ではないということくらいは少し考えればわかることだ。どこから調達したかは知らないが矢束のように積まれているわけでもないので、その数は推して知るべしと言ったところだろうか。そうして鉈の残数を空にしてしまえば、護衛対象の安全は確立できる。そうなれば数で圧殺すればいい。贅肉塗れの中年の近接戦闘能力など脅威度はないに等しいのだから。

何進が投擲でここまでの攻撃力を出せるということは予想外だったが、所詮は武器に頼ったものでしかないのだ。矢がなくなった弓兵など脅威にならないと同じで、今の何進は矢が尽きる前の弓兵に過ぎないのである。

さらに袁紹の友人たちは今回の事態を舐め腐っていたのか、まともな装備をしていなかったり、衣服を着崩していたりと完全に油断しきっていたのだが、雇われの私兵たちはそれなりの装備で身を固めていたというのもある。

そのため彼らは何進からの投擲を受けた場合でも、冷静に鎧や甲の部分（盾は禁軍以外持ってきていない）で防いだりすれば即死は免れるということを学んでいた。受けた部分の骨が砕けたり折れたり、受けるのに失敗して頭を割られて死んだり、腸をぶちまけたり、手足を切断されることもあるが、それはそれ。失敗しないように身を固めていればいいだけの話だ。

こうなると周囲の人間にも何進の攻撃も必殺ではないということがわかるし、この状況でも何進の援軍が出てこないということを考えれば、伏兵もいないと判断できるのも大きい。そのため、袁紹に雇われていた兵士は時間の経過と比例して何進らの脅威度がどんどんと下がっていくと判断していた。

「最大の懸念は偶然でもなんでも袁紹様が殺されることです。故に今は我らの陰に潜んでください」

「う、うむ！」

兵士に言われて、隙だらけで突っ立ったままだった袁紹は、そそくさと兵士たちの陰に隠れる。

その様子を見て兵士は『これで一安心だ』と息を吐くが、この雇われ兵士とて別に袁紹への忠義でこのような警告をしたわけではない。

ここで袁紹に何かがあれば、袁家によって自分たちが殺されることを理解していたから、彼に万が一がないようにしたに過ぎない。……断じて『敵の前で隙だらけの姿を晒して喚《わめ》き散らすクソガキを見るのがウザかったから黙らせた』わけではないのだ。

（しかし……解せん）

袁紹の安全を確保できたことで多少なりとも余裕のできた兵士はある違和感に気付いた。それは言葉にするなら「何故何進は袁紹様《クソガキ》に対して攻撃をしなかった？」ということだ。

彼が行う投擲には、袁紹の友人を狙って負傷させる精度があり、防御しても骨を砕く程の威力がある。当然今まで全身を晒して偉そうにドヤ顔をしていた袁紹の顔にだって鉈を叩き込む余裕はいくらでもあったはずだ。

そうであったにも拘わらず袁紹は未だ無傷。

（これは何かの罠ではないか？）

そのような考えが頭に浮かぶも、所詮一兵士でしかない彼らには政略と謀略の化物である何進の狙いなど読めるはずもなく。定期的に投擲される鉈を防ぎながら、何やら得体の知れない焦燥感を感じていたのであった。

十

「へっ。袁紹《クソガキ》め。ようやく兵士の陰に隠れやがったか」

袁紹の配下が懸念していたとおり、何進がこれまで隙だらけだった袁紹に対して一切の攻撃を行わなかったのには当然ながら理由があった。尤も理由と言っても、そもそも何進には『ここで袁紹を殺す気がない』というだけの話なので、ある意味では理由はないと言えるかもしれないが……その辺は受け取る側の価値観次第といったところだろうか。

ここで何進が袁紹を殺さない理由は簡単だ。それは袁家を自身の道連れとして確実に滅ぼすための一手として『袁紹が無傷である必要がある』からだ。

細かいことを言えば、傷を負わせる程度ならいいのだ。しかし万が一にも重傷を負わせたり殺したりするわけにはいかないのだ。

そもそもの話だが、何進は自分がここで袁紹の兵に殺されることを覚悟している。なので自分の命を最大限利用して袁家を追い詰める心算であった。しかしここで何進が袁紹を殺してしまえば、せっかく自爆してくれた袁家が起死回生の一手を打ちかねない。

具体的に言えば、ここで何進が袁紹を殺した場合、袁紹の配下は必ずや何進を殺すだろう。そうなれば今回袁紹が暴走して引き起こしたこの騒乱の責任はどこにいくだろうか？　という問題だ。

間違いなく袁隗は袁家としての責任を全て袁紹に押し付けると同時に、大将軍府にもその責任を追及してこようとするはず。名目としては『今回の件は大将軍と近衛の行き違いにあった』だとか『袁紹は確かに袁家の人間だが、その地位は禁軍を預かる光禄勲である李儒が管理すべきものである』といった感じにして責任の所在を有耶無耶《うやむや》にしようとする方向が推察される。場合によっては袁隗も自分の命を捨てるくらいはするかもしれないが、その程度だろう。

これにより袁隗の生家である汝南袁家は、袁隗という稀代の化物と洛陽での影響力を一時失うことになるが、同時に袁紹という、いつ暴発するかわからない問題児を排除することもできるのだ。

また、袁紹が抱えている問題は彼個人の資質だけではない。その身に流れる血、そのものが袁家にとって悩みの種であった。しかしここで袁紹が死ぬことで、ここ最近袁家の上層部の頭を悩ませていた家督相続の問題が解消されることになる。もしもこうなってしまうと、短期的にはともかくとしても中・長期的に見た場合、袁家を追い詰めるどころか、逆に彼らを強化してしまうことになってしまうのだ。

こういった事情があるからこそ何進は袁紹だけは殺さないように気を使っていたのである。

むしろ袁紹にはこのまま無傷で生きて帰ってもらい、袁隗が何かを言う前に声高らかに『自分が張譲や何進を討ち取った!』と喧伝してもらいたいとさえ考えていた。

それがあって初めて、生き残った李厳から報告を受けた李儒が、袁家を滅ぼすために動くことが可能になるのだから。

(そこまで阿呆なら最高なんだがな)

何進としても袁紹にそこまでの愚かさを求めてはいない。実際のところは『張讓が何進を殺したので報復として自分が張讓を討ち取った』程度の話にするのだろうと思っている。

（それはそれで構わねぇが、な）

この期に及んで最も重要なことは、今現在、袁紹が兵を率いて宮中へ侵犯していることである。

このことは袁紹に味方した連中が口を噤《つぐ》もうと、先に逃がした李厳が証言するだろうし、後ろ盾である自分や部下として使おうとしていた張讓らを失うことになる妹も袁紹の味方はしないだろうことは確実だ。

（後のことは李儒にぶん投げた。奴なら名分さえあれば遠慮も呵責《かしゃく》もなく殺るだろうよ）

自身の命を使い十常侍と袁家を道連れにする。何進と自分の価値を同等のものと認識していない袁紹や宦官連中にしてみたら『下賤の者が思い上がるな！』と激昂して抵抗するだろう。しかしこうして張讓の足を奪い袁紹が安全な場所に避難した時点で、何進が画策したこの策は半ば以上成功している。

「よっしゃ。んじゃ苗。そろそろ逝くぞ」

「「ぎゃー！」」

そう言って何進は手元に残っていた投擲用の鉈を投げまくった後で、脇に置いていた戟《げき》を手に取る。

「おうよ！」

「「ぐわぁぁぁ!!」」

何進から一連の策を聞いたものの最後まで良くわかっていなかった何苗も、何進の言葉を聞いて残る投擲用の鉈を全て投げ捨て、牛刀を改良した偃月刀《えんげつとう》を構えた。

「さぁかかってこいや雑魚共！　この大将軍様の首を取るのはどいつだっ！」

何進の名乗りと共に振られた戟が　ぶぅん！　と唸りを上げる。

間合いに入ったら間違いなく死ぬ。そう感じさせる佇《たたず》まいを見て袁紹に誘われた者たちは『どこが贅肉塗れの中年だ！』と非難の声を上げようとしたが、何進はそんな兵士共の躊躇を見逃さず、自分から集団に突っ込んでいく。とは言え突っ込んだのは袁紹がいる方向ではない。万が一にも袁紹を殺さないように、同時に袁紹の誘いに乗った連中やその一族が『袁紹が無傷なのに何故己の息子は死んだのか？』だの『袁紹に誘われたせいで自分の子が死んだ』と思われるようにするために。

何進は、袁紹とは一定の距離を取り、彼にだけは一切の傷を付けずにこの場の戦いを終わらせる予定であった。

ズガンッ！　という音がしたと思ったら数人の兵士が弾き飛ばされていた。

ブオンッ！　という音が鳴り響いたと思ったら、数人の胴体が切り裂かれていた。

ゴスッ！　という鈍い音が聞こえたと思ったら、頭を潰された兵士が倒れていた。

「オラオラオラオラオラオラオラオラぁ！」

「「ひ、ひぃぃぃぃぃぃ!!」」

それは正しく縦横無尽。何進の突進に巻き込まれた兵士たちは、まるで嵐に巻き込まれたかのように吹き飛ばされ、切り裂かれて、叩き潰されていく。ただ彼らも大人しく殺されたわけではない。何人かは戟の間合いに入り、何進の腹に剣を突き立てることに成功した者もいた。

「よ、よしっ！　あの者に続け!!」

「「おぉ！」」

袁紹が兵士の陰に隠れながら指示を出し、半ばやけになった兵士も勢いをつけて突撃を敢行する。しかし現実は『言うは易し行うは難し』と言ったところだろうか。

「ハッ！　甘ぇ！」

兵士らは右手で戟を振るう何進に対して左から近付こうとするものの、何進は腰を軸にして戟を回し遠心力を利用して薙《な》ぎ払って周囲の敵を弾き飛ばす。また、その攻撃を、身を低くして避け接近してきた者に対しては、装備した手甲でゴガンッ！　だの　ドガンッ！　という派手な音を立てて殴り倒すことでその命を奪っていく。

「な、なんだと!?」

「馬鹿な。直接斬ったはずだっ！」

「えぇい！　肉屋の小倅は化物かっ！」

間違いなく腹に剣が刺さっているにもかかわらず、まったく勢いが衰えない何進を見て袁紹らが悲鳴を上げる。彼も一応の武術は修めているし、家中でも指折りの実力があると言われて調子に乗っていたというのもあった。

……結局のところ袁紹の武とは、平均三十だの四十の中で六十あるだけに過ぎなかった。さらに周囲が遠慮して持ち上げていたことも理解していなかったし、黄巾の乱に参加していない彼は本当の死兵を見るのもこれが初めてである。所詮、今まで親《袁家》の脛を嚙って生きてきて、趣味で武を鍛えた程度の心得しかない袁紹の威勢など、戦場で本物の武人と向き合えば、すぐに剝がれてしまう鍍金《めっき》でしかなかった。

今回も『この数の前には何進がいくら抵抗しても無駄だ』という思いがあったために余裕を持っていられたのだが、ここで死兵と化した何進の武と向き合ってしまったことで、彼個人が名家のお坊ちゃんでしかないということが露呈してしまう。

初めて間近に感じる戦の臭いに余裕をなくした袁紹は『何進が自分を超える武の持ち主である』ということを理解してしまい、自分を守る兵士の陰から出ることができなかった。そしてそんな保身に走った袁紹には、自身は安全な場所に隠れておきながら、配下の兵士たちに「死ね」と声を上げている自分が、周囲の人間からどう見えるか？　ということを考える余裕すらなかった。

視点は変わって何進である。

（へっ！　あの腹黒の言う通りだな！）

何進は自分の腹に刺さっている剣を抜き、周りにいる兵士に投げつける。

「は？　ぐわっ！」

「へ？　ぎゃっ！」

まさか何進が己を刺した武器を投げてくるなど想像もしていなかった兵士は、呆けた顔をして命を失い、その隣にいた兵士もまた動きを止めたところで、頭を潰されて殺される。

「おのれぃ！　どうなっているっ！」

その様子を見て護衛の陰に隠れている袁紹が声を上げるが、無理もないだろう。遠く離れた袁紹は叫ぶだけで済んでいるが、何進と向き合っている兵士は不死身の化物を相手にしているような気持ちになり、完全に腰が引けてしまっている。当然のことながら何進は不死身などではない。これは常々何進に『暗殺に気を付けろ』と言っていた李儒が何進に与えた策が図に当たっているだけの話であった。

……策と言っても内容を知ってしまえば至極単純なことなのだが。


〜〜〜〜〜〜〜〜〜〜〜〜〜〜〜〜〜〜〜〜〜〜〜〜〜〜〜〜〜〜〜〜〜〜〜〜〜〜

『そもそも閣下はずんぐりむっくりしているので、腹が狙われやすいんですよね』

『ずんぐりむっくりってお前ぇ……まぁ事実だけどよ』

それが大将軍に言うことか？　と思いながらも、彼が無意味なことを言わないと理解している何進は、彼が告げるであろう次の言葉を待つ。あまりにもあっさりとありのままの事実を言われて否定できなかったともいう。

『ですので腹に詰め物をしましょうか』

『あぁん？　まぁその理屈はわからんでもねぇが、流石に不自然だろ？』

言いたいことはわかる。「腹を狙われるなら腹に防具を装備すれば良い」ということだ。単純だからこそ効果的かもしれない。ただ、何進は現状でさえ腹が出ているのだ。これ以上何かを入れてしまえば流石に不自然過ぎるだろうし動きも阻害されてしまう。

『え？　痩せれば良いだけじゃないですか？』

『……あぁ。そうだな』

そんな何進の懸念は「痩せろ」という、至極真っ当な意見によって捻じ伏せられた。

『元々閣下には自衛のための武術が必要だと思っていましたから丁度良いですね。その無駄な腹の肉を徹底的に絞りましょうか』

『……ソウダナ』

（無駄って……）

何進としても言いたいことはあるのだが、この件に関しては李儒が言っていることが全面的に正しいし、自分の命を守るための献策なので、大将軍となった彼と言えど文句も言えず微妙な顔をするしかなかった。そんな何進に対して、李儒は一人なにやら黒い笑みを浮かべていたそうな。

　それから数年。李儒が洛陽にいなかったときは彼の配下が何進の鍛錬に付き合っていたが、その際も彼は腹から詰め物を取ることはなかったので『何進の腹には見た目ほどの肉がない』という事実を知る者は、本人の他には李儒しかいないという状況であった。

　しかしながら、何進もいい歳である。減量はしたものの、その結果はずんぐりむっくりの腹がシックスパックになる程のものではない。それなりの減量に成功した程度だ。

　だがそれでも当初の目的通りに詰め物を入れることができる程度の隙間は生まれたし、無駄な贅肉がなくなったことで腰痛も和らいだ。これにより普段の生活は随分と楽になったのは何進も自覚している。その上で多少痩せたことを誤魔化すために普段はゆとりのある服を着こんでいたし、手足の甲の間にも詰め物を入れることで、できるだけ不自然さを見せないようにしていたのである。

　一言で言ってしまえば、何進四十五を過ぎて大将軍となって位人臣を極めた後に、配下によって強制的に武術を仕込まれたというだけの話である。


～～～～～～～～～～～～～～～～～～～～～～～～～～～～

　つまるところ、彼らが刺したのは何進の肉ではなく鎧や腹に仕込んでいた詰め物でしかないので、当然何進にダメージはない。実際に剣を刺して、その手応えに不自然さを感じた者もいたのだが、彼らは声を上げる前に殺されているので、遠くにいる袁紹らはもとより近くにいる兵士にもそのことはわからなかったし、刺さった部分から血が流れないことに関して訝しむ者もいたが、そう言った連中は「鎧の下では血を流しているのだろう」と考えていた故に、正解にたどり着くことができていなかった。

彼らにとって大将軍の何進はずんぐりむっくりしているのが常識であり、服の下では細マッチョ、とまではいかないが、無駄な脂肪を減らした健康体になっているとは予想もつかないことだったというのが一番の要因であろうか。

この辺も常識の穴を突いた李儒の作戦勝ちと言えるかもしれない。

そういった涙ぐましい下準備に関してはさておくとしても、だ。

戦闘は人数だけで決まるものではない。戦場における彼我の士気の違いがものを言うことは多々ある。その士気を保つために兵士が必要だという意見もあるが、今は置いておこう。

今の問題は、袁紹が用意した兵士たちが何進の気に呑まれかけているということだ。彼らは斬っても刺しても勢いの衰えない何進に対して恐れを抱きつつあるし、自分たちの背後には負傷して呻く雇い主もいるのだ。それらの安全を考えてしまい『このままここで戦うのは危険なのではないか？』という考えまで浮かんでいた。

なまじ数で圧倒していたのも悪かった。同数の争いなら生き残るために命懸けで戦うこともあるだろうが、敵はたったの二人である。如何に彼らが奮闘しようとも、五十人殺せればいいところだろう。

袁紹の立場からすれば、たとえ何進によって五十人殺されることになろうとも、最終的には三百人生き残ることになるので、どう転んでもこの場における袁紹の勝利は揺らがない。

故に彼は兵士に『行け』と命じ続けるし、それ自体は間違ってはいない。

しかし、その命令を受けた兵士の立場になって考えた場合はどうなるだろうか？

最終的に袁紹が勝つのはいい。だが、誰だって死ぬ五十人の中には入りたくないのだ。

よって『どうにかして自分が五十人の中に入らないようにしなければ』と保身を考えてしまう。

そしてこの場には、彼らが保身に走る名目である『傷ついた雇い主』がいる。

一度逃げる理由を見つけてしまえば人間とは脆《もろ》いものだ。袁紹がいくら声を上げても何進に近づく兵士は減っていき、息を整えたい何進も休憩がてら突撃を休止して兵士たちと睨み合うという膠《こう》着《ちゃく》状態が生まれつつあった。

しかし現状で相手を呑み込みつつある何進は、鍛錬の際に散々李儒から叩きのめされたこともあって自分の武力を過信していない。

いくら鍛えようと元々歳が歳だし、武術だって付け焼刃に近いものでしかないのだから当然だろう。自分の体力の限界も理解している。

李儒からも『閣下が一人で殺せるのは、腹を空かせて満足に動けない賊なら良くて二百人。それなりの訓練を積んだ兵士なら五十人、精鋭なら二十人が良いところでしょう。もちろん万全に準備を整え、相手を弱体化させるような策を弄した上で、です。真正面からぶつかれば五人がいいところですので、油断慢心してはいけません』という、ありがたい評価も貰っているのだから、勘違いする余地はない。

(つっても、もう百人は殺している気がするんだがな。はっ。あの野郎の予想を外してやったぜ!)

なんだかんだで張譲らの分も合わせれば既に何進一人で百人近く殺しているので、それだけを見れば確かに李儒の予想を覆したと言えるだろう。そのことを愉快に感じた何進は「ざまぁみろ!」という気になって多少高揚していたのだが、それでも彼は目の前にいるおよそ四百人の敵兵(様子を見ている禁軍も敵と認識している)全てを倒せると思い上がってはいない。

(殺す相手は選べってな)

さらに言えば、これに後詰が加われば最終的に袁紹に味方する敵の数が千人を超えるということもわかっている。故に何進はここで精一杯暴れて袁紹の仲間《雑兵以外の連中》を殺そうとしていた。ここにいる連中さえ殺せれば良いと云う覚悟を持って命を燃やす何進と、その命懸けの戦ぶりに恐れを抱いている兵士たち。腰が引けている連中の攻撃では詰め物をした何進の防御を突破するのは難しいし、何より勢いが違う。

（今のうちにできるだけ数を稼ぐか）

息を整え終えた何進は、敵が集まっているところに突撃しようと周囲を見回す。すると視界の端に人だかりが見えた。それは護衛連中が雇い主を守るといった感じではなく、一人の敵によってたかって群がるような感じで……。

「苗！」

「く…ったれが。あ、兄貴……す…ねぇ……」

その場所に誰がいたかを思い出した何進の耳に、弟の謝罪の言葉が届く。

「車騎将軍何苗！　この蔣奇が討ち取ったぞぉ！」

「お、おぉ！　良くやったぞ！」

「「「う、うぉぉぉぉ！」」」

反対側で暴れていた何苗は、確かに何進よりも若く勢いもあった。しかしながら彼はしっかりとした武術を嗜《たしな》んでいたわけでもなければ何進のような小細工もしていなかった。そのためこれまでは勢いと力に任せて、いわゆる荒くれ者の戦い方をして戦っていたのだが、十数人を殺したところで兵士に纏わり付かれ力尽きてしまったのだ。

弟である何苗が兵士に群がられていく様子を見て、何進は怒りを表す……どころか苦笑いをしていた。

「へっ。別にお前ぇが謝ることなんかねぇだろうによぉ」

全身に傷を負い、多数の人間に群がられ、まともに声を上げることもできなかったはずの弟が最期に口にしたのは、敵や何進に対する恨み言ではなく謝罪の言葉だった。

一体彼は何に謝罪したのだろうか？

今まで何進がやっていることを理解できずに、まともに手伝うことができなかったことだろうか？

それとも李儒や荀攸に嫉妬して臍《へそ》を曲げたことだろうか？

それとも何進を信じることができずに対立し、張譲を庇おうとしたことだろうか？

……それとも最後の最後で何進を一人残して死んだことだろうか？

今となっては何進も何苗の気持ちはわからない。しかし三人で話し合った際に何苗の気持ちを理解した何進にしてみれば、彼に対して自分の出世に巻き込んでしまったという気持ちはあっても、彼を恨む気持ちもなければ先に死んだことに対して文句を言う心算も毛頭なかった。まぁ泉下で会うことがあったら「この馬鹿野郎が」と小突くつもりではあるが、それも特に意味がある叱責ではない。ただ兄として、なんとなく不出来な弟を小突くだけだ。

「よし！　残るは何進だけだ！　囲んで殺せ！　腹を斬っても死なずとも、首を取れば殺せるはずだ！　奴を殺した者には恩賞は思いのままだぞ！」

「「「おぉ！」」」

「はっ。雑魚どもが」

この期に及んで兵に隠れて殺せるはずだ！　などと声を上げる袁紹に対して蔑みの目を向ける何進だが、先述したように彼には袁紹を殺す気はない。

「あぁ～ぁ。向こうに逝く前にやることが増えちまったなぁ」

故に相手は向かってくる雑兵である。だが今の何進はその雑兵にこそ用があった。

「死ねやっ！」

「「う、うわぁぁぁ！」」

何苗を失って呆然《ぼうぜん》としていた（ように見えた）何進が、いきなり向きを変え勢いをつけて何苗を殺した兵士たちへと突撃を行う。そう、何進の用とは、何苗の仇討ちである。

自分も大量の人間を殺しているがそれはそれ。雑兵ごときに自分の弟を殺された何進は怒りに任せて彼らを殺そうとしていたのだ。

斬る「うぎゃー！」

突く「グボッ！」

薙ぐ「血、血ぃ！」

叩く「いでぇよぉ！」

どれが何苗の仇である蔣奇とやらなのかわからないので、何進は何苗が戦っていた場所にいた兵士を手当たり次第に殺していく。

「オラオラオラオラオラオラオラオラぁ！」

「こ、殺せ！　早くそいつを殺せぇ！」

数十人を殺して戟の刃や柄に血が付着して使いづらくなったら、投げ捨てて兵士が持っている武器を拾っては投げたり斬ったりを繰り返し、それもなくなったら殴って殺し、腕が上がらなくなったら踏みつけて殺していく。

（せいぜい傷跡をつけてやらぁ！　後は任せたぞ、クソガキぃぃ！）


〜〜〜


数十分後。何進が動きを止めたとき、部屋の中には百五十人を超える死体と百人を超える重傷者がいたという。

そして袁紹の取り巻きであった名家の人間たちも数多く失われたり、大小様々な傷を負っていたが、彼らを今回の乱に誘《いざな》った袁紹は無傷であったという。

「よ、ようやく死んだか！　フンッ！　下賤の者が手こずらせおって！　……皆の者、よくやった！　これで漢は正しい統治者によって正しく再興するのだ！」

「「「…………」」」

そこには何進の死体を踏みつけながら、声高らかに己の行いを正当化しようとする袁紹と、それを苦々しげに見る兵士たちがいたという。

中平六年（西暦一八九年）九月。大将軍何進、嘉徳殿にて死す。享年四六歳。

後世の歴史家たちは「これによって漢の再興の芽は潰え、戦国乱世の幕が開けた」と口を揃《そろ》えて評価を下している。

～～

数日後、洛外。

「あれは……。あぁ。そうか。間に合わなかった、か」

「何かおっしゃいましたか？」

「……いえ、なんでもありません。それより董閣下、今すぐ全軍を停止させ皆を下馬させてください」

「は？」

「聞こえませんでしたか？」

「い、いいえ！　失礼いたしました！　全軍停止っ！　そして騎乗している者は今すぐ下馬せよっ！」

いきなりわけのわからない命令が下されたせいでざわつきが発生する中、若者は洛陽方面から駆けてくる集団に目を向けていた。その中に、彼の上司らしき人物はいない。

「……あのオヤジ、逝ったか」

そう呟く彼の目には隠しきれない怒気があったという。

中平六年（西暦一八九年）九月。嘉徳殿に参内した大将軍何進が暗殺されたという報はすぐさま洛陽を駆け巡った。

大将軍府の留守を預かっていた荀攸は、袁紹が嘉徳殿へ乱入したという報を受け、すぐさま現場へと兵を差し向けようとした。しかし禁軍に命令権を持つ李儒も李厳もおらず、自前の兵を持たない（常備兵はいるが千程度）彼らは即座に対応することができず、何進を殺したであろう袁紹らを現場で取り押さえることはできなかった。

そして事件の翌日、袁家は『袁紹が張譲と何進を殺した』とは公表せず（袁紹が意気揚々と袁隗に報告したら、問答無用で殴り飛ばされた）『何進は張譲に毒を盛られて殺されたので、自身が兵を率いて報復した』という形で情報を公開した。

一応の証拠品として毒が塗られていた食器や張譲の部屋にあった毒類なども提示されたが、そもそもこの日の袁紹の行動には不審な点が多かったため、周囲の人間を納得させることはできなかった。

当然関係者やそうでない者たちからも以下のように。

「何故袁紹が兵を率いていたのだ？」

「それ以前に禁軍は何をしていた？」

「袁紹の兵が暴れたせいで後宮が荒らされたというのは本当か？」

などといった疑問の声が上がったし、また名家の人間からも、

「自分の息子は『何進大将軍にやられた』と言っているが？」

「袁紹殿が普段から『何進大将軍と張譲を殺す』と息巻いていたのは無関係とは思えない」

「何進大将軍が毒で殺されたというなら、争いは起こらないはず。では後宮に勤めていた我が家の娘は誰に殺されたのだ？」

といった苦情が袁家に寄せられていた。

前者の疑問を上げたのは主に軍部で、後者の苦情は名家からなのだが、共通してあるのは袁紹に対する疑惑であった。更に言えば、今回の件に関しては袁紹に誘われて今回の乱に参加した者たちの家族も疑問を抱いていた。彼らは当然袁紹が張譲と何進を殺したことを知っているし、彼らが率いた兵が後宮に上がっていた名家の子女を拐かしたということも知っている。そのため、ある意味袁紹の共犯である彼らが真実を話すことはなかったのだが、そのせいで一つの問題が発生してしまったのだ。

一つどころか全部が問題なのだが、とりあえずここで問題となるのは『後宮に勤めていた自分の

娘を拐かされた者たちに対する言い訳が浮かばない』ということであった。

言うまでもない話なのだが、後宮に於いて禁軍や袁紹らの兵に拐かされた女官はただの女官ではない。将来の皇后への根回しだとか、皇帝の手付きとなってくれれば最高だという目論見を持って、名家の人間に送り込まれていた名家の子女だ。

それらが大量に殺されたり、行方不明になっているのだから、その死亡原因や所在確認は行われなければならないのは当然のことであった。

これが全員死んでいたならまだよかったかもしれない。その場合は袁隗が周囲に頭を下げて賠償するなりなんなりすれば、向こうの家も『気分は良くないが元は取れた』と考えただろう。だがそうはならなかった。袁隗にとって最大の障害となったのは、生き残った娘とその家族であった。

今回の件においては、宮中で大将軍の何進が殺されたということで、大将軍府を預かる荀攸は禁軍すら容疑者として調査に乗り出している。流石の袁隗もこの件で彼を止めることはできないので、調査を受ける対象である禁軍の連中や名家の者に対して口止めを行ったり、口裏合わせをする必要があるのだが、何進同様に被害者である彼女らには容疑者を庇う理由がない。

被害者である彼女らは家族や親族に対して袁紹や禁軍の暴虐を訴えたし、大将軍府の人間が調査に訪れたときは当主が止めるのも聞かずに、大将軍府の人間に対して彼らの暴虐をしっかりと伝えていたのである。

これは実質的に調査の指揮を執っていたのが、袁家に並ぶ名家である荀家の出身である荀攸だったことも、彼女らの口が軽くなった要因の一つであった。そもそもの話だが、後宮に生息していた張譲らには女官を拐かしたり、殺す理由がない。正規の手続きで参内した何進にもそのようなことをする理由がないということは、誰の目にも明らかであったので、袁家の言い分は支離滅裂であり信憑性の欠片《かけら》もなかったのだ。

そんなところに生き残った彼女たちから多数の証言が寄せられたのだ。

ことここに至っては『宮中を荒らしたのは禁軍と袁紹が連れていた兵である』とされるのは当然であろう。さらに容疑者となった禁軍の人間や袁紹の周りの人間の様子を調べれば、明らかに血の臭いをさせていた衣服が残っていたり、女官が付けるような化粧や後宮に仕える人間独特の匂いも残っているではないか。

さらにさらに宮中に侵犯した兵士の家を家宅捜索してみれば、一介の兵士が持つには分不相応な置物や大量の銭だけでなく、行方がわからなくなっていた女官が発見される始末。

大将軍府の人間が家宅捜索を行った家に住む禁軍の兵士を捕らえ、一切の容赦がない尋問を行ったところ、袁紹が己の立場を利用して宮中へと乗り込んだことや、何進の死が袁紹らによって齎《もたら》されたものだという証言を得るに至っていた。

こういった事実が明るみに出てしまえば、いくら袁隗が事実を隠蔽しようとしても『禁軍と袁紹の手勢による宮中侵犯があった』という事実を隠すことはできなくなってしまう。

「ここまで情報を得た以上、袁家の叛意は明らかである！　一気呵成に連中を滅ぼすべきだ！」

こういった声が大将軍府や軍部から上がるのも当然といえよう。しかしながら、荀攸は袁家に対する軍事行動を起こすことはできなかった。

荀攸が動かなかった理由は幾つかあるのだが、最大の理由は、劉弁と劉協の姿が見えないことと、心ある禁軍の人間に保護されていた何后が沈黙を貫いていることであった。

両殿下の行方に関しては、尋問を受けた禁軍の兵士たちも、死ぬまで『両殿下の居場所はわからない。袁紹が保護した可能性がある』としか言わなかったので、荀攸は『袁紹による宮中での狼藉を制止させないための人質として袁家が二人を確保した』と判断したのだ。

（もしも自分が予想した通りなら、何后が袁家を非難すれば劉弁の身が危うくなる。よって彼女が沈黙を貫くのも説明ができてしまう）

袁家にとっては何進の甥である劉弁などには価値を見出していないかもしれないが、荀攸は違う。彼の価値観では、劉弁は何進の甥であること以上に先帝の長子であり皇太子であるのだ。

（そのような貴人を袁紹のような阿呆に殺させるわけにはいかない）

というのもあり、できるだけ袁家を刺激しないようにと周囲へ命じていたのである。

これらの事情もあって、大将軍府から敵意を向けられつつも実際に兵を向けられることはなく、ある意味落ち着いて名家同士の話し合いに終始していた袁家なのだが、彼らは彼らで非常に混乱していた。

それというのも、袁紹から『何進と張譲はいたが両殿下はいなかった。だが目的は果たしたのだから問題はありません！』などといった現実を無視した寝言を聞かされた袁隗が袁紹を殴り倒した後で自身も胃痛で倒れたり、今回の袁紹による暴挙の事実を確認した袁術が『今すぐ袁紹を殺すべきだ！』と騒ぎ立てたり、その袁術の意見を聞いた袁紹が『何故大功を挙げた俺が殺されねばならん！　座してなにもしなかった貴様こそ死ぬべきだろう！』と逆ギレしたせいで、水面下で家督争いをしていたとき以上の緊張状態がうまれてしまったからだ。そういった混乱もあり袁家内部では大将軍府の沈黙を『両殿下は大将軍府で確保されており、自分たちが何か言い訳をしたところで潰しに来るのではないか』と捉えており、いつ彼らが動き出すのか？　と戦々恐々としていたのである。

この奇妙な膠着状態は洛外から淳于瓊が帰還するまでの数日の間続くことになった。その間、洛陽に住む者たちは、袁家と筍家《大将軍府》の間で行われていたであろう水面下の戦いの趨勢を静かに見守っていたのであった。言い換えれば袁家と荀家のどちらが勝ち馬なのかを真剣に考えて右往左往していたともいうが、それが洛陽に生きる者たちの習性なので、敢えて口にする必要はないだろう。

～～～～～～～～～～～～～～～～～～～～～～～～～～～～～～～～

「……む？」

「殿？」

「わからんか？　洛陽の様子がおかしいぞ」

「はて？」

「軍気の乱れ、いや、これは……なんだ？」

　長沙郡の太守である孫堅が、少数の兵を率いて洛陽へ到着したのはそんな時であった。


　ところ変わって洛陽の某所。

「おのれ袁術っ！　あやつはこの俺が袁家の家督を継承することを危ぶんで、叔父上殿らを誑《たぶら》かしておったわっ！」

「いや、袁家の内情は知らないが……その前に何故貴公がここ《曹家の屋敷》にいるのだ？」

　何進と張譲を殺したことで袁隗から厳重注意を受けて絶賛謹慎中のはずの袁紹であったが、その彼は何故か曹操の屋敷を訪れ、酒をかっくらっていた。

　曹操の立場で言えば、さっさと捕らえて大将軍府へ送るのが正解だ。しかし現在の洛陽は袁家と荀家の間で緊張状態にある。そんな状況で袁紹を大将軍府に差し出せば、それをきっかけにして緊張状態から騒乱へと発展しかねない。

　曹操とて自身が切っ掛けとなって両方から恨まれるなど真っ平御免だった。そのうえ目の前にいる袁紹の扱いも問題だ。なにせ彼は袁家の内部で謹慎処分となっているだけで、正式に何らかの罰を受けている訳ではないのだ。そんな人物を売り渡せば、自分は間違いなく大将軍府に与《くみ》したと判断されてしまう。

（荀家と袁家。未だにどちらが勝つか判断できないからな、軽々に立場を固めるような真似は慎むべきだろう）。

それでも普通であれば袁紹を迎え入れたりはせずに居留守を使うのだが、彼がその指示を出す前に袁紹が来訪してきてしまった。

……ちなみに今の洛陽では何進暗殺容疑の云々については一般人までは情報が行き渡っておらず、袁紹は悪の親玉である十常侍を滅ぼし何進の仇を討った功臣扱いとなっている。

袁紹の良い噂しか知らない曹家の家人が、堂々と正面から来訪してきた袁紹にいつもの癖で曹操の在宅を教えてしまい、なし崩し的に饗応《きようおう》することになってしまったというのが現状であった。曹操にすればこの時点で頭痛を覚える事態なのだが、さらに問題があった。それは袁紹は冒頭の台詞にあるように、彼が自身の行いに罪悪感を抱いておらず、むしろ『袁術のせいで不当な扱いを受けている！』と本気で思っていることだ。

袁紹にすれば『自分は袁家のために張譲と何進を殺したのに、その手柄を認めてもらえないのはおかしい！　これは袁術の謀略だ！』といったところなのだろう。

傍から見れば完全な自業自得な上、袁紹の被害妄想でしかないのだが、実際に袁術が『早く袁紹を殺して大将軍府や殿下に謝罪すべきだ』という主張をしていることもあり、袁紹が自分の思い込みを改める可能性は極めて低い状態にあった。

と言うか、汝南袁家の上層部では大半の人間が『袁紹を殺すべき』という意見で一致しているのだ。保護者である袁隗も『当然袁紹は殺す。しかし今はまだその時ではない。むしろ生きたまま殿下に差し出すべきではないか？』と言っているだけであり、決して袁紹を庇っている訳ではない。

さらに嘉徳殿に於いて袁紹と行動を共にした過激派とも言える名家の若手連中はそのほとんどが傷を負い、治療の名目で親に謹慎処分を受けていたし、彼らが連れていた兵士が後宮で女官を拐かしたことも問題となっているので、現状で袁紹に味方をしそうな者は洛陽には存在しないという状態であった。

周囲から孤立しつつあることを自覚していた袁紹は、今回のことに関与していない友人を頼ることにしたのだろう。ただ、彼が見込んでいた人間は大半が今や大将軍府や宮城に仕える身である。流石の袁紹も『何進を殺した自分が大将軍府の関係者を頼るのは危険だ』と考える程度の頭はあったようで、そちらには関わろうとしなかった。

元々の予定では『下賤の何進を殺して、貴公らを解放してやったのだから感謝しろ！』と荀攸らに声を掛ける予定だったのだが、諸事情を聞いてブチ切れた袁隗から『絶対に彼らとは接触するな！』と釘を刺されたので大人しくしているだけだったりするのが、彼が本当に救えないところだったりするのだが、それはそれ。

そして宮城にいる人間については、禁軍と大将軍府の中で緊張がある中で元凶に来られても迷惑だし、後宮の女官の中には彼らの身内が多数いたということで、今の段階で袁紹と親しくするような真似は自殺行為だと誰もが理解している。さらに宮城の文官のトップとも言える袁隗から、名家閥の面々に対して『袁紹とはかかわるな』という誤解の余地がない布告が発信されていたため、彼らは袁紹からの使者が来ても居留守を使ったりするなど、堂々と拒否をすることができていた。

結果として袁紹は、ここ数日周囲の人間から徹底的に無視され続けていたのだ。

「何故だと？　朋友と会うのに理由が必要か？」

「……いや、そういう意味ではなくてだな（朋友？　単なる顔見知りだろうに）」

そうして周囲から見捨てられ孤独感を膨らませていた袁紹を唯一迎え入れたのが、派閥の関係から今回の義挙（本人の中ではそうなっている）に呼ばなかったものの、同じ学問所出身で西園八校尉の同僚である曹操だった。

「ははは！　俺のことを心配してくれるのは嬉しいが、安心しろ。今は袁術が調子に乗っているが、こんなのは一時的なことだ！　漢を腐らせていた張譲らを殺し、身分を弁えぬ肉屋の小倅を討ち取ったのは間違いなくこの俺なのだ！　これにより漢と袁家が栄えれば俺の行動が正しかったと皆がわかるだろう！」

「……そうか（心配？　何を言っているのだ？　それ以前にでかい声で何進を殺したとか言うんじゃねぇよ）」

何進は張譲によって毒殺されたというのが表向きの発表なのに、ここで袁紹が大声で罪を自白しているのは誰にとっても問題発言である。袁隗もこう言った失言を抑えるために彼を謹慎処分にしていたのだろうが、完全に裏目に出てしまっていた。

（流石に今のは拙いぞ！）

いきなり何進誅殺の真相を聞かされた曹操としては堪ったものではない。ただ彼は『袁家の連中は何をしていやがるっ！』と思いはしても大声で叫んだりはしない。口に出さない程度の忍耐力はあるのだ。そしてある意味で無駄な方向に進化してしまっている忍耐力を駆使している曹操は、グダグダと続く袁紹の妄言に対して相槌を打ちながら、これからどうするかを真剣に考える。

（こいつがこうなってしまった以上、袁家はもう駄目だな。やはり荀家か？）

そもそもの話だが袁紹は曹操のことを宦官の孫だと言って見下していた時期があった。今もそうだが、若い頃などそれはもう周囲や本人にも聞こえるように大きな声で散々に罵倒していたのだ。当時の曹操は袁紹の背後に袁家の名前があったから苦笑いを浮かべるだけで我慢していたが、曹操がもう少し短気で名誉を重んずる性格をしていたら、即座に斬りかかってもおかしくないくらいの罵倒っぷりであった。

よって曹操にしてみたら、袁紹はいざという時の保険になる程度の存在でしかない。虐めを受けた人間は加害者に対する恨みを忘れることはない。だからこそ売るときは容赦なく売るつもりであった。

（朋友？　こいつが？　ありえん）

これは曹操だけではなく袁家という名に群がる人間の大半の意見であった。保険でしかない袁紹が自分を危機に陥れようとしている現状はよろしくない。よって曹操が袁紹をどうにかする必要があるという考えに行き着くのは当然のことだった。

(しかし両殿下がなぁ)

「とりあえず貴公は洛陽から離れたらどうかね?」

「……なんだと?」

曹操からの提案を聞き急にテンションが下がった袁紹の目からは『お前も俺を見放すのか?』という感情が窺えるが、曹操クラスの論客にとって袁紹一人を騙すのは簡単なことである。

「まぁ聞け。後のことなど今を生きねば意味はないと思わんか? 貴公とて自らを見捨てた連中に、墓前で『ありがとう。貴公のことは忘れない』などと言われたい訳ではあるまい?」

「……うむ。そうだな」

名家の価値観的には死んだあとで感謝されるのも無意味ではないが、袁術に利益供与した挙句に殺された後で彼らに感謝されたいか? と問われたら、答えは否である。

「袁術殿や彼に迎合するものは、今回の件で貴公を人身御供《ひとみごくう》とするつもりなのだろう?」

「……あぁ、間違いない」

人身御供というよりは身内の罪人を自らで捕らえて自浄しようとする動きであるが、袁紹からすれば彼らの行動は何進や張譲を殺したことを自分のせいにして、連中がいなくなった後の利益だけを享受しようとしているように見えるらしい。

「ならばここ洛陽は貴公にとっては敵地同然だ。我が曹家とて袁家から直接何かを言われては動きが取れん」

「……むぅ」

ここで反論できないのが、袁家に縋る袁紹という男の限界なのだろう。いや、曹操は袁紹の性格を理解しており、その上で『友誼《ゆうぎ》はあるが、袁家は強大だから逆らえない』という姿勢を貫くことで、袁紹の反論を封じていたのだから、袁紹が未熟というよりは曹操が上手いというべきだろう。

「よって、貴公は袁術殿らが強硬手段に出る前に洛陽の外にいる親族を頼り、一時的に地方へ逃れるのが得策だと思うのだよ」

「……ふむ。親族、か」

このまま袁紹が洛陽にいたら自分も間違いなく巻き込まれる。ならば洛陽から追い出そう！　というのが曹操の策だ。これの良いところは、袁紹が逃げても袁家の管理責任でしかないというところだ。

もしかしたら後日袁家の人間から『曹操が袁紹を誑かした！』と言われるかもしれないが、そこは「酒の席での戯言《ざれごと》を真に受けるとは思わなかったし、そもそもお主らが謹慎させていた人間だろう？　見張りは何をしていたのだ？」と言い返せば済む話。

(袁紹に出奔を促すことで袁家に嫌がらせができるならいくらでもやってやるさ。こいつが動くことで袁家が有利になろうが不利になろうが俺には関係ないしな。せいぜい袁隗の胃を痛めてやる)

「なるほど。一考の余地はあるかもしれん。いや、やはり持つべきものは真に心許せる朋友だな！」

「ふっ。大したことではないさ」

過去の嫌がらせを覚えておらず、曹操を朋友と呼びながら笑顔で酒を飲む袁紹と、過去に自分がされたことをしっかり覚えていて『これで袁家に嫌がらせができる』と薄く笑う曹操。

二人の青年は笑顔で酒を酌み交わしていたが、その笑顔の内実は大きく異なっていた。

〜〜〜〜〜〜〜〜〜〜〜〜〜〜〜〜〜〜〜〜〜〜〜〜〜〜〜〜〜〜

数刻後。

「さて、行くか」

曹家から袁紹が帰宅した後。すぐさま大将軍府へ駆け込んだ若者がいたというが、それが誰のことかは定かではない。

偽典・演義

~とある策士の三國志~

giten engi

弐 2

特別読切

丁原と呂布

中平六年（西暦一八九年）四月　并州太原郡晋陽県・宮城・刺史執務室

時は皇帝劉宏が重篤であることが大陸全土に伝わりつつある頃のことである。

首都洛陽がある司隷から見てそれほど物理的な距離は離れていないものの、黄河によって隔てられていることや、定期的に北方の騎馬民族から襲撃を受けるせいで辺境呼ばわりされている地、并州。

その辺境を治める刺史である丁原はこの日、洛陽から派遣されてきた使者が置いていった書状を前にしてひたすらに首を捻っていた。

「つまり……どういうことだ？」

ただでさえ文字が読めない、とまでは言わないが、文章を読むのが苦手なところがある丁原は、書状の冒頭部分に書き記されていた大量の修飾語を見た時点で書状を読むことを諦め、自身が全幅の信を置く部下にその解読を丸投げしていたので、首を捻っているのはあくまでポーズなのだがそのことを突っ込む者はこの場にいない。

「結論から言えば『さっさと上洛せよ』とのことです」

書状の解読を丸投げされ、辟易とした気分になりながらもなんとか解読してその内容を簡潔に伝えることに成功したのは、丁原にその武勇と読み書き算術ができることを評価され、若くして主簿（会計係）に任じられている青年であった。

幽州や涼州と同じく年がら年中騎馬民族との戦いに明け暮れている丁原が武勇を認めているにも拘わらず、青年の役職が長史や司馬、または都尉などではなく経理を担当する主簿であることを見れば、丁原の信用云々以前にここ幷州の文官不足がどれほど深刻なのかを理解することはそれほど難しいことではない。

ただし、丁原とて文官が不足しているからと言って誰でも彼でも主簿に任じるような無計画な人間ではない。なにせ中央ならまだしもここは辺境、すなわち最前線である。そんなところで主簿が仕事を怠ったり、杜撰《ずさん》な管理をしたり、欲をかいてただでさえ少ない資財を中抜きしてしまえば、漢の藩屛たる州軍が騎馬民族と戦う前に崩壊してしまう。それは漢に生きる軍人にとって許されざる行為である。

故に主簿は主君が全幅の信頼を置く人間が充てられるのだ。

「……苦労を掛けたな。しかし、それならそうと書けば良いではないか。長々とわけのわからんことを書いてくるでないわ！」

そんな全幅の信頼を預けている部下から書状の内容を聞いた丁原は、解読作業によって疲れ果てた表情を隠しもしない青年に労《ねぎら》いの言葉をかけると同時に、書状を睨みつける。そして解読作業を一任された青年は青年で、

「ですな」

と、書状に対し殺気を感じさせるかのような視線を向けていた。

いや、青年としても、後ろ盾や名家からの紹介もない自分を抜擢《ばってき》し、重用してくれている丁原には深い恩義を感じているし、洛陽の役人たちが回りくどい言い方をしてくることは知っているのだ。

しかしながら、だからといって「連中が送りつけてくる内容が皆無の書状を最初から最後まで読み切りたいか？」と問われれば、即座に『否』と声を大にして宣言するくらいには書状の解読作業は嫌いであった。

しかも洛陽の役人とは基本的に卑怯《ひきょう》にして卑劣な輩である。

なにせ文章の冒頭を飾り立てることで全文を読む気をなくさせたかと思えば、中頃にポツンと重要なことが書かれている場合があったりするのだ。

それを読み解けなければ「これだから田舎者は」と散々に蔑まれた上に、求めた資財の手配を行わない。もしくは用意された資財の大部分が役人どもの懐に入るように文章が改竄《かいざん》されていたりするのだからもう大変。役人たちからすればそれらは「成功すれば自身の懐が潤う」程度のものなのかもしれないが、その資財を心待ちにしている丁原の心境を知る青年としては文字通り堪ったもの

ではない。

（あぁ。思い出すだけで頭が痛くなる……）

そして今回丁原に送られてきた書状は、これまで青年が見てきたどの書状と比べても、修飾語が多かった。それも文字通り『桁が違う』と言えるほどに、だ。

そもそも辺境とはいえ正式な刺史である丁原に対する書状である。よって多少の修飾があることは覚悟していたのだが、今回はその覚悟を上回る内容であった。

それだけ苦労したにも拘わらず、その内容が『上洛しろ』だけなのだから、青年が怒りを覚えるのも当然と言えよう。

さらに青年を苛々《いらいら》させたのが、この書状の差出人だった。

「なに？　何進ではなく、袁紹からの書状だと？」

「はい。大将軍閣下からの招聘《しょうへい》ではございません」

「はっ。袁紹如き小僧がこの儂を呼びつけるとはな！」

自身を『漢を実質的に支配者している袁家の後継者』と嘯く袁紹からすれば、辺境にいる軍閥の長でしかない丁原など顎で使えるものだという確信があったのだろう。しかし丁原からすれば彼の後ろ盾である袁隗を警戒することはあっても、その付録でしかない袁紹を評価することはない。

そもそもの話だが、この時期「袁紹とは何者なのか？」と問われた際に明確な答えを持ち合わせている者がどれだけいると言うのか。

彼が自称している袁家の後継者という地位だが、少なくとも彼の実家である汝南袁家はそれを認めていない。また、去年の秋に結成された西園軍の指揮官たる西園八校尉の一人に任じられてはいるものの、西園軍そのものが度重なる不祥事や蹇碩の死などでグダグダとなっている上に、発案者であり名目上の総大将でもある皇帝劉宏が重篤に陥ったことで今や完全に有名無実の存在となっている。

残っているのは虎賁中郎将という役職だが、虎賁中郎将はあくまで光禄勲の被官であるし、光禄勲自体皇帝の警護を担当する職なので、当然州刺史や地方の軍閥に対して上洛を促す権限など存在しない。

さらに言えば、先年丁原は何進から北軍を統率する役職である執金吾《しっきんご》に任じられている。執金吾は光禄勲と同格、とまでは言わないが、少なくとも指揮系統は違う。よって袁紹には丁原を呼びつけるだけの権限はないし、丁原にも袁紹に従う義理はないのだ。

尤も、何進が上洛を促してきたのであれば、何進と共に十常侍を殲滅することを誓っている丁原にはそれを断る気はないのだが、書状の差出人が何進ではないのであれば話はまるで違う。

「小倅の遊びに付き合ってやる暇なんぞないわい」

袁紹が聞けば「辺境の土豪如きが何様だ！」と激高するであろう一言を呟き、書状を丸めて青年の胸元へと放り投げる。

「この書状はいかがいたしましょう？」

「何進に送ってやれい。『袁家の小倅が何かしているぞ』と付け足してな」

「御意」

この書状は袁紹による明らかな越権行為、否、犯罪行為の証拠である。それを政略と謀略の天才である何進が手に入れれば、どうなるか？　考えるまでもない。彼は政敵たる袁隗を追い詰めるために活用することになるだろう。

丁原にしても青年にしても、袁家に恨みがあるわけではない。しかし洛陽の名家と呼ばれる連中には何度も煮え湯を飲まされているのだ。その元締めたる袁家の連中に好ましい感情を抱けるはずもなし。

（この頭痛の恨みは必ず晴らすぞ。何進閣下がなっ！）

特に、書状の中にあまりにも修飾語が多すぎたので「もしかしたら何か隠された内容でもあるのでは？」と疑い、必要以上に文章の解読作業をしたせいで頭を痛めることになった青年は、まだ見ぬ袁紹という男に殺意を抱くほど彼のことが嫌いになっていたそうな。


――武勇に優れ、丁原の信任篤く、主簿として日々数字と戦いつつ時に洛陽の役人どもが認める文章と戦う、文字通り文武両道の青年。その名は呂布奉先《りょふほうせん》。

後に、天下にその武勇を示し、前漢の李広《りこう》になぞらえて飛将と呼ばれることになる青年は、このときまだ辺境の主簿として書類仕事に勤《いそ》しんでいたのであった。

あとがき

はじめましての方ははじめまして。そうでない方はお久しぶりでございます。

相も変わらず妄想を垂れ流しているにわか三国志ファンこと、仏ょもです。

皆様方におかれましては、数ある書籍作品の中から拙作をお手にとって頂いたこと、深く御礼申し上げます。

今回も前巻同様に作者の考察という名の妄想を書き連ねた内容となっている他、およそ三万字の加筆に加え、ｗｅｂ版では三人称になっている場所が一人称になっていたり、逆に一人称が三人称になっていたりと色々な箇所に修正を加えておりますので、すでにｗｅｂ版を既読されている方にも楽しんでいただける内容に仕上がっていると思っております。

細かい内容につきましては、すでにお読みくださった方やｗｅｂ版を既読の方であればご承知のことと思いますが、一巻が主に後漢末期に引き起こされた混乱（黄巾の乱や辺章・韓遂の乱）の考察に近かったのに対して、この巻は何進を中心とした流れの考察に近いものとなっております。

何進以外だと、やはり袁紹や曹操が名を連ねた西園八校尉が目を引く存在になるでしょうか。

三国志の主役といえる曹操と劉備が今後どのような道を辿ることになるのか。そして史実では彼ら二人と鎬《しのぎ》を削ることになる孫権《そんけん》……の父親であり、すでに曹操や劉備よりも名が売れている英傑孫堅がどう動くのかを楽しみにしていただければと思います。

また、主人公である李儒が暗躍している何進の周囲だけでなく洛陽から離れた場所にいる諸侯についても少しずつ史実からズレてしまっている部分が生じておりますが、先に言わせて頂きます。これはミスとか考察漏れではなく意図的にそうしてあるものであって、言ってしまえば仕様です。例えば、史実であれば何進は宦官に暗殺される前に何度か何后の下に赴いて会談をしており、その詰めの段階で暗殺されておりますが、拙作では違う形となっております。

このため、史実よりも早く洛陽へと到着した董卓や、彼を急かした李儒が乱の現場に居合わせることができませんでした（そもそも袁紹は李儒が居ない隙を狙って決起しております）。

詳細は内容を読んでいただければわかると思いますのでこれ以上のことはここで明記しませんが、こういった諸々の個所に生じている史実との違いも楽しんでいただければ幸いです。

加えて、考察という名の妄想を趣味としている作者は、この時代、とくにこの西暦一八九年からの数年は、洛陽にいる面々や地方にいる諸侯の動きには色々と不明瞭な点が多すぎると思っております。

その代表が孫堅や彼を見下しつつも何かと関わることが多かったとされる荊州刺史の王叡。王叡の後任として荊州刺史となった劉表。拙作でも色々と場を乱した袁紹や、袁家の被官にして冀州刺史となった韓馥《かんふく》などの去就ですね。

　これらの疑問については、この巻ではなく次回以降（もし出していただけるのであれば）に興ることになる反董卓連合にまで関わってきますが、現段階ではネタバレになるので詳細を語ることはできません。ですので、この巻をお読みいただいて感じた時系列の問題につきましては、一時棚上げしていただくようお願い申し上げます。

　あとは個人的な主張になるのですが、拙作に於いては俗に『技術チート』や『内政チート』と呼ばれるものを導入するつもりはありません。

　李儒が知っている知識は言ってしまえば借り物の知識です。それを利用して一時優位に立ったとしても、それは長くは続きません。情報を独占しようにも、その情報を技術者や内政官に伝えている間に必ず他者に漏洩してしまいますからね。

　そして問題になるのが本物の天才である曹操のような存在が、本来あるはずのない技術や知識を得た場合です。作者の立場に置き換えると、借り物の知識しか持たず、さらにその使い方に対する先入観を持つ自分では、本物の天才に対処できるはずがないと考えております。

　よって自分を『前世の知識を持つだけの普通の人間である』と考えている李儒も、思想や発想の転換、あとは簡単な民間療法のように、漏れても問題がおこらないような知識を開示することに躊躇はしませんが、先進の知識を活用することを前提とした『技術チート』や『内政チート』を行使するつもりはありません。

先進知識を用いての蹂躙劇《じゅうりんげき》がないせいで「物足りない」と思う読者様がいらっしゃることは存じ上げておりますが、作者はこのようなスタンスですので、何卒ご了承願います。

最後になりますが、拙作の二巻を出すことを決意してくださったアース・スター様。

一巻に引き続き、たくさんのおっさんを描いてくれという無茶振りを受けてうんざりしたかと思われますが、それでも素晴らしいイラストを描き上げてくださった流刑地アンドロメダ様。

そしてｗｅｂで応援してくださった読者様と、拙作をお手に取ってくださった読者様。

関係各位の皆様方に、心より感謝申し上げつつ作者からのご挨拶とさせて頂きます。

EARTH STAR NOVEL

偽典・演義　2
～とある策士の三國志～

発行 ―――――― 2021年9月15日　初版第1刷発行

著者 ―――――― 仏ょも

イラストレーター ―――― 流刑地アンドロメダ

装丁デザイン ―――― 舘山一大

発行者 ―――――― 幕内和博

編集 ―――――― 古里 学

発行所 ―――――― 株式会社アース・スター エンターテイメント
〒141-0021　東京都品川区上大崎3-1-1
目黒セントラルスクエア　7F
TEL：03-5561-7630
FAX：03-5561-7632
https://www.es-novel.jp/

印刷・製本 ―――――― 中央精版印刷株式会社

ISBN 978-4-8030-1559-1

イラスト 流刑地アンドロメダ